Sonya
ソーニャ文庫

夜叉王様は貢ぎ物花嫁を溺愛したい

八巻にのは

JN132253

イースト・プレス

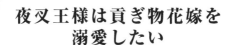

contents

序章

九龍《クーロン》大陸の西方――、霧深き死の森には幽鬼《ゆうき》たちのすむ不気味な国があるという。

その国を束《たば》ねる者は『夜叉王《やしゃおう》』と呼ばれ、恐れられ続けてきた。

ある者は夜叉王を悪鬼《あっき》の化身《けしん》と言い、ある者は生き血をすする化け物だと言う。

また永遠の命を持ち、不死身であると噂《うわさ》する者もいた。

そうして多くの者が夜叉王を恐れ、彼は常に畏怖《いふ》されている。

一方で、そんな彼と彼の力を求める者もいた。

夜叉王は一騎当千の力を持ち、彼の率いる幽鬼たちもまた強者《つわもの》揃いであるため、長き戦乱の中にある国々は、王と同盟を結びたいと望んでいたのである。

今日も、夜叉王のすむ『蓬莱宮《ほうらいきゅう》』には、王との面会を求める者たちが列をなしていた。

彼らは皆、貢ぎ物を携《たずさ》えやってくる。金銀財宝や珍しい物品、食材や珍味から動植物まで貢ぎ物は多種に及ぶ。

しかし王は姿を見せず、人々の多くが肩を落とした。

最後の希望をたくし貢ぎ物を残し、彼らはとぼとぼと帰路につく。

「どんなものを捧げられようとも無駄だというのに、懲《こ》りない奴《やつ》らだ」

そんな様子を、一人の男がそっと窓の端から眺めていた。凜々《りり》しい声と面立ちだが、外から姿が見えぬよう逞《たくま》しい身体を精一杯縮めながら外を窺う姿は、少々滑稽《こっけい》である。

男の年齢は三十代半ばほど。雑に束ねられた黒髪は長く、衣《ころも》もまた闇のように黒い。そんな中、目を引くのは世にも珍しい金色の瞳だ。月を思わせる美しい瞳は男の整った顔立ちを引き立て、黙っていればたいそうな美丈夫《びじょうふ》である。

「早く全員帰ってくれないものか……。あいつらがいる限り、部屋を出られないじゃないか……」

とはいえ、そう言葉とため息をこぼす表情はどこか情けなく、それが男の凜々しさを台無しにしていたが。

『もうっ、またこんなところに隠れていたの!?』

そんな男の後ろから、突然愛らしい声が響いた。

『宮殿内にはもう誰もいないし、一緒に貢ぎ物を見に行きましょうよ！』

情けない男の袖をぐいぐい引いたのは、一人の少女だった。

美しい少女だが、その足は地面からわずかばかり浮いている。

それをちらりと見て、男はため息をついた。

「幽鬼のくせに、雹華《ひょうか》は相も変わらず世俗にまみれているな」

『幽鬼だって女の子だもの！　宝石や装飾品には弱いし、何より私は月華《げっか》兄様のおかげで死んでも着飾れるから、そういうものに目がないの！』

弾《はず》む声とにこやかな顔に、男――月華はため息をつく。

「お前に特別な身体を与えたのは、着飾らせるためではなかったのだがな……」

『この身体をどう使うかは私の勝手でしょ！　それよりほら、広間に行きましょう！』

「貢ぎ物には興味がない。それに下に行けば、面倒な話を聞く羽目になるだろう」

この情けない月華こそが、人々が恐れる夜叉王その人なのである。

訳あって生きている人間が大嫌いな彼は、妹のような死んだ人間――幽鬼としか会話ができない。生きている人間の鼓動を聞くとめまいがし、人の吐く息に気分を悪くし、精気の宿った瞳を見れば失神しかけるという有様である。

戦場など死を感じられる場所でなら多少行動できるが、それでも生きている人間と直に顔を合わせるのが嫌で、人と会うときは常に面をかぶり、手には血のついた刀を握っていないと立っていられない。

ちなみに彼本人はれっきとした人間であり、化け物だとか血をすするという噂も眉唾《まゆつば》なのだが、この装いのせいで誤解ばかりが加速している。

だからこそ幽鬼しかいない国に引きこもっているというのに、昨今は毎日のように人が王との同盟を求めてやってくる。

「……宗越《そうえつ》が、さっさと九龍を統一してくれればこんなことは減るのだがな」

唯一の人間の友であり、九龍大陸平定に王手をかけている皇帝の顔を思い出しながら、月華はため息をこぼす。

そのまま寝台でふて寝でもしようと思ったが、また妹に袖を力一杯引かれる。

『ともかく今日は一緒に来て！　兄様にどうしても見ていただきたい貢ぎ物があるの！』

「貢ぎ物など興味ない。そもそも、どれも明日には送り返すものだろう」

『だからこそ今見ないとだめなの！　今すぐ、見ないと!!』

背中をぐいぐい押され、月華は渋々部屋を出る。

雹華と同じ幽鬼の使用人たちが、その姿に驚いた顔をする。この城には生きた人間はいないが、面倒くさがり屋で引きこもり癖のある月華は部屋の外にもあまり出ないのだ。

唯一外に出るのは趣味の釣りをするときくらいだが、釣り場もまた宮殿の裏手にある人の来ない場所で、なおかつ洞窟の中にあるので『引きこもっていることに変わりはない』と周りからは呆《あき》れられていた。

そんな月華がふらふらと出てきたので、使用人や護衛たちは慌てて追従《ついじゅう》しようとする。

それを手で制し、月華は雹華にずるずると引きずられながら広間へと向かう。

横着な妹は閉ざされた扉をするりとすり抜け、月華は一人廊下に取り残される。

そのまま引き返したい気持ちになるが、ここで逃げれば雹華に烈火のごとく怒られるだろう。月華は美しい装飾が施された両扉を渋々開け放つ。

その向こうに広がっているのは見慣れた謁見《えっけん》の間のはずだった。

しかし今日は、なぜだか世界が輝いて見える。

「――月華様で、いらっしゃいますか？」

その理由は、月華を振り返った美しい少女のせいだった。

生前の雹華と同じ年齢くらいの少女は、花嫁が纏《まと》う真っ赤な衣装を身につけていた。

衣装には金糸の刺繍《ししゅう》がいくつも施され、特に舞い上がる鳳凰《ほうおう》の刺繍は素晴らしい出来だった。けれど、それを纏う少女の面立ちがあまりにも美しいせいで、月華の目には見事な衣装が全く目に入ってこなかった。

月華を見るなり少女は顔をほころばせ、嬉しそうに近づいてくる。

少女が近づくたび、美しい髪をまとめ上げた髪飾りが揺れた。

シャラシャラと鳴る髪飾りにはっと我に返るも、すぐ側まで近づいてきた美しい面立ちからは目が離せず、月華はただただ立ち尽くすことしかできない。

小柄な少女が月華の前で立ち止まり、彼を見上げる。重い髪飾りをつけた状態で長身の月華を見上げるのは大変そうだが、愛らしい笑顔には欠片《かけら》の曇りもない。

その視線からは想い人でも見ているような甘ささえ感じるが、そんなわけがないと月華は目をこする。

「目が痛むのですか？」

途端に心配そうな声をかけられ、月華はビクッと身体を強《こわ》ばらせた。

直後、少女は月華の顔を覗き込んでくる。鼻先が触れ合いかけたところで、月華は少女が生きた人間だと気がついた。

「……そ、そなたは誰だ……」

硬直したまま尋ねると、少女はわずかに身を引き、笑みを深めた。

「あなたへの、貢ぎ物でございます」

「そ、そなたは物ではなく人では？」

馬鹿正直に尋ねると、少女が手を組みながらその場にゆっくりと膝《ひざ》を折る。

「私の名は春蘭《しゅんらん》、確かに人でございます」

「……春蘭」

状況が読めず混乱するあまり、月華は名前を繰り返し口にする。

途端に春蘭の顔が華やぎ、気がつけば頭がぼんやりしてしまう。

「はい、春蘭でございます」

「……春蘭」

「はいっ！」

「……春蘭……か……」

「何度も呼ばれると照れてしまいます」

春蘭の顔立ちは角度によっては妖艶《ようえん》にさえ見える美しさを有しているのに、返ってくる言葉や反応は無邪気な少女のようだった。

それが愛らしくてもう一度名前を呼びたいと思ったところで、月華はふと気づく。

「……春蘭、だと？」

その名前に、頭をよぎったのは雹華の友人のことだ。

幽鬼でありながら、妹には人間の友人がいる。国をあまり離れられない体質なので会うことは稀《まれ》だが、もう長いことその友人と文通を続けていた。

そしてある事情で、月華も友人——春蘭をよく知っていた。

「もしや、『イーシン国』の姫、春蘭か？」

「私のことをご存じなのですか!?」

途端に目を輝かせる春蘭にどう答えるべきか悩んでいると、視界の隅を雹華のにやつく顔がよぎった。

『もちろん知っているわよ。なんたって、ずいぶん前から兄様は私の代わりに文——』

「そ、そなたのことは妹からよく聞いていたのだ」

妹の声を遮《さえぎ》り、月華はいつになく大きな声を出す。それにビクリと驚く春蘭の愛らしさに再びぼんやりしそうになる自分を戒《いまし》めつつ、軽く咳《せき》払いをする。

「ともかく、そなたが妹の友人であることはわかった。しかしなぜここに？　それに、どうしてそんな格好を？」

尋ねると、春蘭の顔が曇る。

「私はここにある貢ぎ物と同じ。あなたに献上されたのです」

「献上？」

「我が国は豊かではなく、夜叉王様のお眼鏡に適《かな》うものはありません。故に姫である私が、こうしてまいった次第です」

春蘭の言葉に月華は彼女の装いに目を向けた。

こうして花嫁衣装を纏った女子《おなご》を送られたことは何度もある。なんとしても夜叉王と同盟を結びたいと願う者が、どんな宝を前にしてもなびかない月華を頷《うなず》かせるために、美女を送ってくるのである。それを受け入れたことはない。生きている人間など以《もっ》ての外《ほか》だと思っていたし、今もそう言うべきだと頭ではわかっていた。

なのに自分を見つめる春蘭から、目が離せない。

「祖国は今、帝国からの侵略の危機にあります。窮地を脱するため、どうか我が国と同盟を結んでくださいませ」

　春蘭はしずしずと頭を下げる。

「帝国とは、宗越が治める『鳳国《ホウコク》』か？」

　いつもなら耳を傾《かたむ》けないし、深入りせぬほうがいいと頭ではわかっているが、月華は彼女を前にすると普段通りではいられず問いかけてしまう。

「はい、鳳国が我が国に進軍してきたのです」

「イーシンと鳳国の関係は良好だったはず」

「そのはずでしたが、九龍を脅《おびや》かす脅威《きょうい》があるからと突然宣戦布告をされたのです。父は私に詳細を教えてくれませんでしたが、かなり一方的な通達だったようです」

　春蘭の言葉に、月華はようやくまともになり始めた頭を悩ませる。

（意味のない侵略をするほど、宗越は愚かな男ではない……。イーシンに脅威があるなど聞いたことがないぞ……）

　イーシンは騎馬民族が興《おこ》した小さな国で、大陸の外れにあるが故に戦争とも無縁だった。他国が得たいと思う特産品もなく、僻地であるため交易の拠点にもなり得ない。畜産と農業は盛んだが、それでも国が飢《う》えない程度の収益しかないのだ。

　豊かではないが貧しくもない、ほどほどの生活こそ至高だと考え、王族も含めて国民も風土もたいそうのんびりしている。

もちろん軍なども持たず、王を守る私兵がわずかにいる程度だ。

「侵略を受ければ、我が国はひとたまりもありません。それ故、夜叉王様と同盟を結びたいのです」

「俺に、鳳国から守ってほしいということか」

「それもありますが、月華様は鳳国の皇帝と知己《ちき》の間柄と伺っております。叶うなら侵略をやめるよう提言していただけないでしょうか？」

「確かに宗越は友人だから、話をすることはできるだろう」

友の行動には疑問も多く、月華自身も確かめたいと思う。事情がわかるまで、牽制として幽鬼の兵士をイーシンに送ってもいいとも考えていた。

（とはいえ、貢ぎ物など必要ない）

こんなに若い少女を物のように扱うなど、人の道理に反すると月華は考える。

そのとき、春蘭が月華の手をそっと摑《つか》んだ。幽鬼にはないぬくもりに、月華の拍動が乱れる。普段なら失神しているところだが、なぜか少女の温かな手に不快感はない。

呼吸はおかしくなるが、それさえ嫌な気分にならなかった。

「ありがとうございます。やはり、月華様はお優しい方ですね」

「いや、俺は……」

「私、あなたに献上されて本当によかったです」

あまりに嬉しそうな顔で言うものだから、月華は唖然としたまま固まってしまう。

そんな兄に代わり、ずいと身を乗り出してきたのは雹華だ。

「物じゃなくて、お嫁さんでしょう！　献上品の目録には『花嫁』ってあったもの」

妹の言葉に月華がぎょっとする。一方で、春蘭はあまり驚いていない様子だ。

「確かに父は同盟の証《あかし》として婚姻《こんいん》を結びたいと言っていたけれど、月華様にも花嫁を選ぶ権利はあるだろうし……」

それどころか、春蘭の顔が陰《かげ》る。

「使用人としておいていただければそれでかまいません。花嫁よりもそのほうがいいとおっしゃるなら……」

「いや、花嫁のほうがいい」

月華は春蘭を見つめながら、馬鹿正直に返事をしてしまう。うっかり口にしてしまったのは、目の前にいる少女との婚姻を月華が密かに願い続けてきたからだ。会ったのは今日が初めてだが、ずっと前から月華は春蘭という少女に惹《ひ》かれ続けていた。

「本当に、花嫁にしてくださるのですか？」

月華の言葉に春蘭が顔をほころばせる。そう尋ねられたところではっと我に返るが、月華が何か言うより早く雹華が二人の手を強引に重ねた。

『もちろんよ、なんたって天下の夜叉王様なんだから、男に二言はないわ！』

「お、おい……」

『そうと決まれば、さっそく婚姻の儀をすませましょう！　兄様がいつ結婚してもいいように、衣装は確か作ってあったはずだから！』

「お、おい……待て……！」

気の早い妹を落ちつかせるために、月華は春蘭から慌てて手を離す。

妹を強引に部屋の外へと連れ出すが、彼女は悪びれるふうもない。

『待つ必要なんてないでしょう？　兄様はずっと春蘭が好きだったじゃない』

「だ、だが、彼女とは今日会ったばかりで……」

『でも付き合いは長～いでしょ？』

雹華は意地悪く笑い、月華の背中をバシッと叩《たた》く。

「長いが、それは……あの……」

『あんまり煮え切らないでいると、〝あのこと〟をばらすわよ？』

雹華が意地悪な顔で月華の耳に唇を寄せる。

『兄様が私の代わりに文通していたことも、話題作りのために幽鬼の茶楼《さろう》に通って女子が好きそうなお菓子を食べたり、女子向けの講談を聞き回っていたことも――』

「言うな、それだけは絶対に言うな!!」

月華は雹華の口を手で塞《ふさ》ぐ。幽鬼の身体は冷たく、触れるだけで凍えそうになるが今はかまっていられない。

「言ったら、ただではすまないぞ」

月華の言葉に、雹華は兄の手を乱暴に振り払う。

『何よ、まさか私を冥府《めいふ》に送るとでも言うの？』

「そんなことをするわけがない！　俺がただではすまないという意味だ」

月華は頭を抱えてその場にくずおれた。

「知られたら絶対愛想を尽かされるだろう。そうなれば、俺が冥府に行くことになる」

『大げさね』

「大げさなものか！　俺はお前の筆跡も、口調も、趣味までまねて文通をしたんだぞ！　ばれたら生きていける自信がない！」

兄の情けない言葉に雹華は呆れ果てた顔をする。

『可愛いって言ってもらえるかもしれないのに』

「それはそれで嫌だ！　ともかく秘密だ、絶対に言うな！」

『わかったわよ……。でも、言ったことにはちゃんと責任持ちなさいよね』

雹華は兄を無理やり立たせた。

『春蘭はああ見えて苦労しているの。だから世界一幸せな花嫁にしてあげなさいよ』

「いや、そもそも俺は彼女を嫁にするとは……」

『言ったも同然だから。ここで断ったら、男として最低だから』

妹の言葉に、月華はうなだれる。

（でも、俺のような男と結婚しても世界一幸せになどなれるわけがない……）

そう思いつつも、月華は無意識にそわそわとこちらを窺っている春蘭を見てしまう。

目が合うと彼女は微笑《ほほえ》み、小さく手を振ってくる。

その愛らしさに頭はぼうっとし、月華もまた手を振り返してしまう。

（いや、こんなことをしている場合ではない!!）

慌てて我に返るが、手を振り返しただけで喜んでいる春蘭に「嫁入りはなしで」と言えるほどの度胸はない。それどころか困り果てた兄を置いて、雹華はいつの間にか消えている。それに嫌な予感を覚えた直後、遠くから妹の大声が聞こえてきた。

『みんな!!　夜叉王様がついに正室を迎えるそうよ!!』

雹華の言葉に続き、幽鬼たちの歓喜の声まで聞こえてきて、月華は今一度頭を抱えたのだった。

第一章

どこまでも続く深い霧と、人ならざるものの発する不気味な声。

ゆっくりと夜に向かって暗くなり始めた谷間を見つめながら、春蘭は与えられた宮——水仙宮《すいせんきゅう》の中で佇《たたず》んでいた。

宮は豪奢《ごうしゃ》な作りながらも薄暗く、明かりも少ないため、どこからか幽鬼がばっと顔を出しそうな雰囲気《ふんいき》である。普通の少女なら悲鳴を上げて泣き出しそうな状況だが、春蘭の顔に憂《うれ》いはない。

(ああ、私ついに……月華様の元まできたんだわ!)

むしろ彼女の顔は輝き、喜びに身悶《みもだ》えていた。

それもそのはず、春蘭はずっとこの日を待ちわびていたのだ。

春蘭はイーシンに生まれ、十八になる今日まで自分の宮からほぼ出たことがなかった。

嫁《とつ》ぎ先も見つからず、このままずっと一人部屋の中で過ごすことになると思っていたのである。

春蘭が孤独な生活を余儀なくされたのは、その美しすぎる容姿が原因だった。

幼い頃から輝くような愛らしさを誇っていた春蘭は、多くの異性を虜《とりこ》にしてきた。時には同性さえも、彼女の姿に見惚《みと》れ心を奪われるほどである。

見惚れるだけならかまわないが、外を歩けば人に取り囲まれ、ぜひ結婚をと言い寄られ、挙げ句の果てには連れ去ろうとする者までいる始末だ。中には強引な手段で春蘭を手に入れようとする者もおり、乱暴を働かれそうになったことも多々ある。

見かねた両親は春蘭を宮から出さなくなり、以来十八になる今日までずっと引きこもってきた。

春蘭の美貌をひと目見たいとわざわざやってくる者もいたが、小さな頃から男たちが自分を巡って醜《みにく》く争う様を見てきた春蘭は、もうすっかり異性が怖くなっていたため、誰が来ても外に出ることはなかった。

春蘭自身は快活な性格で、馬に乗ったり釣りに出かけるのが好きだったため、引きこもりの生活を窮屈《きゅうくつ》に思うこともあったが、美しさに磨きがかかると、そうしたささやかな時間さえ持てなくなっていたのである。

ならば狭くても宮の庭で愛馬を愛《め》でたり、小さな池で釣り糸を垂《た》らしているほうがましだと考えるようになり、そうした場所を提供してもらえるだけで自分は十分幸せだと言い聞かせてきた。

そんな春蘭にとっての、唯一ともいえる外界とのつながりが友人である雹華で、彼女こそが月華と春蘭を繋《つな》いだ立役者である。


雹華との出会いは五年前。

今日のような、不気味な霧が出ていた晩のことであった。

寝ようとしていた春蘭は、どこからか人の視線を感じた。

昔から、春蘭の美しい姿を見ようと宮を覗く不埒《ふらち》な者は多い。護衛がいるので敷地内には立ち入れないが、それでも覗き見をする者は多いため、その日もそうした視線だと最初は思っていた。

気にしないのが一番だと一度は寝たものの、ふと側に気配を感じた。

あり得ないと思いつつも気配は消えず、妙な視線も途切れない。

そこで春蘭が思い出したのは、幽鬼という存在だ。

幽鬼とは死してなお冥府に行かず、現世にとどまり続ける者のことをいう。その多くは現世への執着から姿を歪《ゆが》め、人から遠ざかった恐ろしい姿をしていると聞く。

その姿は誰もが見られるわけではなく、春蘭は今まで幽鬼を見たことはなかった。

それが今、自分の側にいるのかもしれない。

そう思ったとき、春蘭が覚えたのはわくわく感だ。

美しく儚《はかな》げな容姿に反し、春蘭は昔から好奇心旺盛な少年のようなところがある。最近は外には出られぬため、好奇心はもっぱら本の世界に向かい、幽鬼や冥府を題材にした本が好きだった。

叶うことなら、そうした不思議な存在と出会ってみたいと思っていたのである。

怯《おび》えることもなく、春蘭は幽鬼が逃げないうちにと目を開けた。好奇心に輝く瞳が捉《とら》えたのは、春蘭と全く同じキラキラと輝く瞳を持つ美しい少女だった。

「綺麗……！」

『綺麗！』

奇《く》しくも言葉まで重なったところで、春蘭と幽鬼ははたと我に返った。

『あなた、私が見えるの？』

尋ねられ、春蘭はやはり目の前の少女は幽鬼なのだと悟った。

一見すると生きている人間と違いはないが、彼女は仰向けになっている春蘭と向き合うようにふよふよと浮いている。幽鬼は飛べるという噂は本当だったのだと感動していると、少女はわずかに首をかしげた。

『でも、そのわりには私を怖がってないわね』

「むしろ嬉しいわ！　私、幽鬼を見るのが夢だったの！」

こうして言葉を交わせるのも嬉しいと声を弾ませると、幽鬼が愛らしく笑う。

『九龍一の美女がどんなものかと思って見に来たけど、これはそうとうな変わり者ね』


それが、後《のち》に親友となる幽鬼——雹華との出会いだった。

以来雹華は春蘭の元を時折訪れるようになり、そのたびに二人は仲を深めた。

『何を食べたらそんなに綺麗になれるの!?』などと幽鬼らしからぬ質問を重ねてくる雹華との会話はとても楽しく、彼女の訪《おとず》れを今か今かと待つ日々が続いた。

そんな春蘭を見かね『文通をしましょう』と言ってくれたのは雹華のほうだった。

雹華は幽鬼の中でも少し特別で、現世に干渉できる特別な身体を持っているのだという。

人や物に触れたり、生者のように食事をすることさえ可能だった。しかしそうした身体は繊細《せんさい》で人の国では長く活動できない。故に長いこと故郷を離れられず、二人が会って話せるのは一月《ひとつき》に一度。数ヶ月会えないこともある。

その間も友と繋がっていたいと思っていたのは春蘭だけではなかったらしく、雹華はある日特別な小箱をくれたのだ。

『これは特別な小箱なの。対になる箱があって、中に入れた物をもう片方の箱に送ることができるのよ』

幽鬼の国には普通の方法では文《ふみ》は届かない。そのため雹華の兄がわざわざこの箱を作ってくれたのだと彼女は教えてくれた。

「このような不思議な道具は初めて見たわ。あなたのお兄様は神仙《しんせん》か何かなの？」

かつてこの世界にいたという、不思議な力を持つ存在を例えに出すと、あり得ないと雹華は笑った。

『兄様はただのへっぽこよ。ただ私たちの祖先は、天界から降りてきた神仙だったと言われているの。人の女性を愛し、人として生きることを決めた変わり者で、その力を子供たちに残したんだって』

「じゃあ、あなたにもそうした力が？」

『私はからっきし。祖先が天界から来たのはもう千年以上前のことだし、不思議な力を持っている者は少なく、今は兄様だけなの』

だが家には祖先が残した不思議な道具がいくつも残っており、この箱も兄が改良したのだと春蘭は教えてくれた。

『兄様だって、祖先ほどの特別な力はないの。幽鬼が見えたり、こうしたちょっと不思議な道具を作れるくらい。夜叉王だって言われているのも、幽鬼を従えることができる『魔《ま》笛《てき》』を持っているからだし』

雹華の話を興味深く聞いていた春蘭はふと気づく。

「待って、今、夜叉王って言った？」

『あれ、言ってなかったっけ？』

雹華はなんでもないような顔で、首をかしげていた。

『基本へっぽこで、引きこもりで、どうしようもない兄だけど、うっかり何度か国を救ったせいで、夜叉王って呼ばれてるの』

「じゃあ、あなたは夜叉王様の妹君なの!?」

『あんなへっぽこに『様』なんてつけなくていいわよ』

雹華はケラケラ笑っていたが、春蘭は驚きを隠せなかった。

当時の春蘭は、夜叉王を恐ろしい存在だと思っていたし、へっぽこだという雹華の言葉と伝説の存在がすぐには結びつかなかった。

『信じてないみたいだから、手紙には兄様のへっぽこぶりをいっぱい書くわね』

「い、いっぱい書くほどなの？」

『毎日何かしら、へっぽこなことをしているのが兄様だもの。ネタは絶対尽きないわ』

そんな言葉を春蘭は冗談だと思っていたが、蓋《ふた》を開けてみればすべて事実だった。

翌日送られてきた文には、さっそく月華の失敗談が書かれていた。

『今日の兄様』という文字と共に美しい絵が添えられ、そこに描《えが》かれた月華は、幽鬼の子供たちにいたずらをされていた。

　雹華曰《いわ》く、月華は釣りの最中に爆睡し、それを見つけた子供たちが彼の髪に三十本もの花を挿《さ》したらしい。当人は起きてもなおそのことに気づかず、ようやく気づいたのは風呂場だったと文には書かれていた。

『驚きすぎて足を滑らせ、頭から浴槽に突っ込んでいました（さすがに絵にできないので、ここは想像してね）』

　そんな言葉に春蘭はひとしきり笑い、雹華の描いた月華をそっと指で撫《な》でた。

「こんなに凜々しい方でも、頭から浴槽に突っ込むことがあるのね」

　雹華の絵は淡い水彩で描かれており、寝入ったまま子供たちにいたずらをされている月華の姿はとても精悍《せいかん》だった。

　だからこそ頭に花が挿さっているのが滑稽で、絵を見るたび春蘭は笑いがこらえられなくなる。

　次も、その次の文にも月華のことが書かれていた。

　春蘭が思い描いていた夜叉王の姿は、とても不気味で恐ろしいものだった。しかし手紙に書かれている月華は、引きこもりを拗《こじ》らせた非常に残念な男である。

『部屋から出たくなくて蓑虫《みのむし》になっている兄様』という文字と共に寝台の上でまるくなっている姿や、嫌いな野菜を無理やり食べさせられてすねている姿など、雹華が描くその姿はどれもこれも噂に聞く夜叉王の姿とは思えなかった。

でもそうした滑稽な姿に、春蘭はいつしか親しみを感じていた。

春蘭にとって、異性はずっと恐怖の対象だった。自分を欲するあのギラギラした目や、好意を得ようと無駄に見栄を張り、己を少しでも大きく見せようとする様がとても苦手だったのだ。

でも月華には、そうしたものがなかった。

いつもどこか間が抜けていて、滑稽で、己を飾ることもしない男なのだと、雹華の手紙には書かれていた。

そんな彼に会ってみたいと、春蘭はだんだんと思うようになっていた。でも叶わないとわかっていたから、雹華に「月華様のことをもっと教えて」とねだるようになったのだ。

あまりにしつこくねだったせいか、あるときから急に話題に出なくなったが、それでも「月華様のことが知りたい」と食らいつけば、雹華との間が抜けたやりとりや、日々の失敗談を文に書いてくれた。

忙しくて絵がないときも増えたが、彼の話はいつも春蘭を笑顔にしてくれた。

また雹華からの報告だけでは満足できず、家族たちに頼んで人々の間に流れる夜叉王の噂を教えてもらったこともある。

噂のほうはどれも恐ろしいものだったが、夜叉王としての彼の武勇もまた春蘭の心を躍《おど》らせた。

気まぐれで残忍な男だと言われているが、彼が戦いに身を投じるのはいつも弱き人のためだった。

どんな宝にも目もくれない一方、蛮族《ばんぞく》に蹂躙《じゅうりん》されていた小国とは野菊の花束一つで同盟を結び、国を守ったという話もある。

そしてそれは本当らしく、後に月華は妹に『野菊はくしゃみが出るからあとが大変だった』とこぼしていたらしい。でも、もらった花は今も大事にとってあるという話を知ったとき、春蘭は胸の奥が不思議と温かくなった。

それが恋の兆しだと気づいたのはほどなくのことで、以来春蘭はずっと月華のことばかり考えている。

いつか、ひと目彼に会いたいと願い続けてきたのだ。


そうして五年の歳月が流れ、春蘭はついに夢を叶えた。

実際に会った月華は絵よりもなお凛々しく、その低い声は春蘭の心を甘く震わせた。

彼の姿を思い出してうっとりしかけた春蘭だが、ふと部屋の奥に置かれた鏡とそこに映る自分の姿を見て我に返る。

鏡に映る春蘭は、真っ赤な嫁入り衣装を着ている。その艶《あで》やかさに目を奪われる一方、これを着ている経緯を思い出すと心がゆっくりと陰り出す。

（でも、喜んでいる場合じゃないのかもしれない。月華様は同盟を受け入れてくださったけれど、脅威が去ったわけじゃない……）

春蘭が月華の元に来ることができたのは、鳳国の侵攻が理由だ。相手はまだ国外に陣をかまえているだけだが、攻め込まれるのも時間の問題だと言われていた。

だからこそ、春蘭の家族は夜叉王に同盟を求めたのだ。

決して裕福とはいえない国故、貢ぎ物も少なく、そのどれもが価値の低いものだった。

そのため絶世の美女と名高い春蘭が、共にここにやってきた次第である。

また春蘭が雹華と仲がいいことは家族も知っていたから、貢ぎ物を拒まれた場合も説得をするように言われていた。

もし夜叉王が説得に応じてくれたときは、誠心誠意お仕《つか》えするようにとも言い聞かせられてきたのだ。

（月華様はすぐにでも、イーシン国のために動いてくださると言っていた。だから国は大丈夫だと思うけれど……）

それに見合うだけのことを月華に返せるだろうかと、春蘭は不安を覚えていた。

月華は春蘭を嫁にと言ってくれたけれど、どこか不本意そうな顔をしていた気がする。

普通の男性なら人喜びで春蘭を得ようとするだろうが、彼にその気配もない。

春蘭を見ても理性を失わない異性は家族を除けば初めて、そのことに安堵と喜びを覚える一方、彼が自分を気に入らなかったら……と不安を覚える。

（嫁にと言ってくれたけれど、結局最後は逃げるように去ってしまったし……）

あれも春蘭に恥をかかせないための方便だったのかもしれない。

イーシン国の姫が使用人として迎え入れられたと知られれば、春蘭の名誉を傷つけることになると彼が考えていてもおかしくはない。

春蘭は気にしないけれど、この大陸の人々は身分や名誉を重んじる。幽鬼の国でも同じかどうかはわからないが、春蘭を気遣ってくれた可能性は高い。

その上春蘭が妹の友人であることは彼も知っているだろう。余計に気を遣わせ、雹華や使用人たちが皆「結婚だ！」と浮かれてしまったせいで引くに引けなくなっていたらと考えて、春蘭は思わずため息をつく。

『ちょっと、なによその浮かない顔は！』

そのとき、突然背後から雹華の声がした。

振り返る間もなく、目の前に愛らしい雹華の姿が現れる。

『ようやく長年の片思いが叶ったってのに、どうしてため息なんてこぼしてるのよ？　兄様のお嫁さんになれて、嬉しくないの？』

「嬉しいけれど……」

『実際に見たら好みじゃなかった？　今更、兄様のへっぽこぶりが気になってきた？』

「そ、そういうんじゃないの！　むしろ実物のほうがずっとかっこよかったし」

『でしょ！　兄様、顔だけはいいのよね！　顔だけは！』

「あと、声もいいと思う」

『ならなんで、そんな浮かない顔なの？』

顔が重なりそうになるほど身を乗り出してくる雹華に、春蘭はおずおずと胸に抱いていた不安を話す。

「気に入られる自信がないし、迷惑だったらどうしようって……」

『九龍一の美女が本気で何を言ってるのよ』

「確かに顔はいいって言われるけど、私それだけだもの」

男たちは皆、春蘭を見るなり『好きだ！』と迫ってくる。内面を見てくれる人はおらず、容姿以外の賛辞をもらったことは皆無だった。

「それに男の人は物静かで慎《つつ》ましくて、じっとしている女性が好きだと言うけど、私は木登りが好きだし、馬に乗るのも好きだし」

『そういえばあなた、よく庭の木に登っていたわよね』

「あの木に登ると、眺めがいいし風が心地よかったの」

裏庭で愛馬にまたがるのも好きだった。イーシンは騎馬民族の興した国故、国民は皆馬を持っている。春蘭も例外ではなく、愛馬にまたがり家族の前で曲馬を披露することがあったが、身軽さを生かした技を見せるたびに「それは家族以外の前でやってはだめよ」と母から釘を刺されたものだ。

『確かにあんなに身軽に木に登ったり馬に乗ったりするお姫様は稀ね』

「そういう妻を、月華様は気に入ってくださるかしら？」

『兄様は気にしないわよ。むしろ馬をねだったらすぐにでも買いに走りそうだし、甘えてみたら？』

「そ、そんなことできないわよ」

春蘭は月華に仕え、恩返しをするためにここにいるのだ。これ以上甘えるわけにはいかない。

「ねえ、月華様の好みはどんな女性なの？　私、そういう女性になりたいの」

『春蘭は春蘭のままで大丈夫よ』

「でも……」

『それにあなたが木登りを好きなことや、馬に乗れることももう知っているから隠しても無駄』

「知ってる？」

『私と兄様は仲良しなの。文でのやりとりはすべて、耳に入ってると思ったほうがいいわ』

「内容をしゃべってしまったの!?」

『私の親友が可愛いって、誰かに自慢したくて』

「じゃあ、もしかして去年私が柿を食べすぎてお腹を壊したこともご存じ？」

返事の代わりににっこりと微笑まれ、春蘭は手で顔を覆う。

「話してしまうなんてひどいわ」

『でもあなただって、兄様のことを聞きたがったじゃない』

「……まあ、確かにそれはそうだけど」

『おあいこよ。それにもし兄様に好みの女じゃないから帰れって言われたとして、あなたはすぐに引き下がるの？』

引き下がるべきだと頭では思うが、春蘭の心は真逆の望みを抱いてしまう。

「お側にいたい……」

『なら頑張りなさいよ。私も応援するから』

握りこぶしを突き出し、雹華は笑みを深める。

「わかった、頑張ってみるわ」

頷き、春蘭も拳《こぶし》を突き出す。その手が触れ合うことはなかったが、少女たちの心は確かに重なっていた。

◇◇◇　◇◇◇

『月華様！　どこにいらっしゃるのですか!?　月華様!!』

側仕えの幽鬼たちが叫ぶ声を聞きながら、月華は謁見の間の梁《はり》の上で息を殺していた。

『式もしない、初夜なのに姫の元にも出向かないだなんて……！』

『せっかく現れた美しい姫君に、あまりに失礼すぎます』

『とにかく探し出して、水仙宮に放り込まねば！』

そんな会話をしながら幽鬼たちが部屋を出て行くのを見送ると、月華は梁の上にしゃがみ込み、ほっと息を吐く。

「いきなり結婚なんて、できるわけがないだろう……」

その上初夜なんて……とうっかり妄想をしたせいで、月華は梁から足を滑らせる。なんとか体勢を立て直すも、春蘭の愛らしい顔が浮かんだせいで月華の意識は飛びかけた。

『……おや、ずいぶんふぬけた顔になっておるな』

幼い少年の声が響き、月華は驚きのあまり今度こそ梁から落ちた。

無駄に運動神経がいいのでなんとか着地すると、おかしそうな笑い声を響かせながら一人の少年が月華の横に降り立つ。

『お前に嫁が来たというから祝いに来たのに、相も変わらず情けないな』

美しく束ねた長い白髪を揺らしながら、少年が倒れる月華の頬《ほお》を指先でつついた。

その笑顔でうんざりした気持ちになりつつも、乱暴に手をはねのけることもできない。

なぜならこう見えて、この少年は月華よりも遙かに年上なのだ。といっても、彼もまた既に故人ではあるが。

「祝うためではなく、からかいに来たのでしょう?」

『私はお前の曾祖父《そうそふ》だぞ。孫の結婚を祝いたい気持ちはあれど、からかうなんてするわけがない』

「では、そのニヤついた顔はなんですか?」

『ニヤついているのではなく和やかなだけだ。愛嬌《あいきょう》があるだろう』

「愛嬌って……百五十八歳が言う台詞《せりふ》ではないでしょう」

『正確には九十九だ。残りは死んでからの日数だから、年齢には数えない』

「どちらにしろ、若作りしていることには変わりないでしょう。容姿や名前まで変えて遊び歩いているらしいじゃないですか……」

『九狼などという古くさい名前では、若い幽鬼にちやほやしてもらえぬ』

「ちやほやされたいんですか……」

『されたい』

欲を隠しもしない曾祖父――九狼にうんざりしながら、本当にこの男と自分に血のつながりがあるのだろうかと疑問を覚える。

（特別な力があるところだけは同じだが、それ以外はな……）

元々月華の家系は、神仙の末裔《まつえい》だと言われている。かつては仙術を使い、自然の理《ことわり》さえも変える力を持っていたという。

その力は時と共に薄れたが、時折神の力を色濃く残すものが生まれてくる。曾祖父は特にその力が強く、最初に幽鬼たちとつながりを得たのは九狼であった。

彼は幽鬼と心を通わせ従わせることのできる『魔笛』と呼ばれる笛や、死してもなお幽鬼としてこの世にとどまれる宝珠《ほうじゅ》など、数々の神器を作ったのだ。そのどれもが強力であったが故に、彼の死後それらを求めて人々は争い多くの血が流れた。

争いは一族の中でも起き、雹華が早くして亡くなったのも神器とそれを産み出す力が原因で、結果一族は月華を残して死に絶《た》え、残された彼もまた神器を人の手から隠すために、幽鬼の元へと身を寄せたのだ。

そして、幽鬼の王となっていた九狼と再会したのである。

最初は家族の死のきっかけとなった曾祖父を恨《うら》む気持ちもあったが、今は良好な関係を築いている。

だからこそ彼が自分の跡を継いで幽鬼たちの国を治めてほしいと言われたときも受け入れたが、曾祖父のこの軽薄な一面だけは未《いま》だ受け入れられない。

（死んでもなお女性にうつつを抜かすとは……）

『今、私のことを内心馬鹿にしただろう』

「馬鹿にはしていません。呆れる気持ちはありますが」

『可愛くない奴め。せっかく私が直々に、新婚の秘訣を教えてやろうと思ったのに』

「そもそも俺は結婚など……」

『貢ぎ物の女子を見るなり、嫁にすると約束したのだろう。それを反故《ほご》にするなど、男の風上にも置けぬ』

ぴしゃりと言い放たれ、月華はぐっと声を詰まらせる。

『ようやくお前が嫁にしたいと思った女子が現れたのだ、腹をくくって娶《めと》れ』

「相手は私のような男にはもったいない娘です」

『お前は、自分で思っているよりはいい男だ。欠点も多いが、顔はいい。私譲りのその顔なら、欠点もまた愛嬌ととられるだろう』

「暗に、顔以外の長所がないと言っておられますか……？」

『あとは私譲りの声だな。……あと喉仏《のどぼとけ》の形も、私に似て悪くない故、二つも長所がある』

「褒《ほ》められている気がしないですね」

うんざりしながら言うと、九狼はケラケラと笑い出す。

『ともかく、ようやくまともに会話できる人間の娘が見つかったのなら逃《のが》すなよ』

曾祖父に言われ、月華ははっと気づく。

(確かに、春蘭とは会話ができた)

美しさに魅入《みい》られ馬鹿な物言いを繰り返してしまったものの、倒れたりすることはなかった。

相手が好きな女子《おなご》だったからだろうかと考えていると、九狼にすねを軽く蹴《け》られる。

『ぼんやりしていないで、早く女子の元へ行け。異国の地でたった一人、夜を明かさせる気か？』

「さ、さすがに夜に出向くのは……」

『幽鬼の国では、夜が朝のようなものだろう。式を挙《あ》げるのが早いと感じるなら、誰かに捕まる前に二人でこっそり宮を抜け出せばよい』

「抜け出して何をしろと？」

『お前は、本当に私のひ孫か？』

真顔で言われ、自信のなかった月華は気まずそうに頬をかく。

『仲を深めろと言っておるのだ。案内がてら二人で街をぶらつけばよい』

確かに幽鬼の国を案内し、ここのことを春蘭に教えるのはいい案かもしれない。ここは人の国とは大分勝手が違うから、学ぶべきことも多いだろう。

「わかりました、では雹華も誘って……」

『二人で、というのが聞こえなかったのか？』

「ですが、春蘭と雹華は友ですし」

『だとしても、夫婦の間に割って入るほど、雹華は無粋ではないと思うぞ』

むしろ今の台詞を言ったら殴られると言われ、今更得心《とくしん》がいく。

とはいえ二人きりは緊張すると戸惑っていると、不意に背後に幽鬼の気配を感じた。

この気配は腹心のものだと思い振り返ると、見慣れた武臣《ぶしん》がそこに立っている。生前の戦《いくさ》で頭部がないため少々不気味な姿だが、首がなくとも彼の言葉は月華に直に伝わってくる。

【ご命令通り、鳳国の陣に出向いてまいりました】

膝を折る武臣に向かって、月華は小さく頷いた。

その表情からは情けなさが消え、自然と凛々しいものへと変わる。

「同盟の件、伝えたか？」

【はい、宗越様がおられましたので直々に】

「あやつが、わざわざ出向いていたのか？」

【指揮を執《と》っておられました。月華様がイーシンと同盟を結んだこと、そして、その姫と婚礼の予定だと伝えましたところすぐに兵を引かせると】

すぐに撤収の準備に入ったという話にほっとする反面、どうにも釈然としない。

（イーシンを落とすためだけにわざわざ宗越自身が出向いてきたのは妙だ）

宗越は優れた武人であり指揮官でもあるが、大きな戦《いくさ》でもない限り戦場には出てこない。それがろくな軍も持たないイーシンとの戦いになぜ足を運んだのかと疑問を覚える。

「他に、宗越から伝言などはあるか？」

【月華様に何か変わったことはないかとしきりに聞かれました。妙に真剣でしたので、特段おかわりのないことや、娶った女子から逃げていると素直にお話ししたところ、なぜだかほっとした顔を】

「……呆れた顔、ではなく？」

【呆れてもいました】

「……だろうな」

宗越も九狼のように月華の情けない一面にいつも呆れている。曾祖父と違ってからかってきたりはしないものの、嘲笑《ちょうしょう》されることは多々あった。

【そして後日、お会いしたいと】

「場を設《もう》けよう。そこで詳しく話を聞くつもりだが、念のため鳳国とイーシンの監視を続けよ」

【御意に】

今は無き頭を垂れ、武臣は姿を消す。

ひとまずイーシンへの脅威が去ったことにほっとしていると、じっと九狼に見つめられているのを感じた。

「何か、おっしゃりたいことがあるのですか？」

『この凜々しい顔を、女子の前でもできたらいいのにな』

「放っておいてください」

『放っておけないから声をかけているのだろう。ささ、その凜々しい顔が崩れぬうちに嫁の元へ行け』

「まだ嫁では」

『嫁にすると約束したのなら夫婦も同然だ』

九狼は断言するが、月華はやはり釈然としない。

(鳳国がこのまま引き下がるのなら無用な縁談だ。むしろすぐにでも、彼女を国に帰すべきだろう)

そう思う一方、二人で出かけてこいと言う九狼の言葉を聞いていると、一度くらい彼女とゆっくり時間を過ごしてみたいという気になる。

（今夜一晩だけなら、許されるだろうか……）

ただ外に出て、道を歩くだけなら……と月華は夢想する。その様子を見て九狼が怪《あや》しげに笑ったが、月華がそれに気づくことはついぞなかった。

◇◇◇　◇◇◇

すっかり日も落ち、水仙宮の中の闇は濃くなっている。

不気味さが増す一方で、宮の中は少女たちの賑《にぎ》やかな笑い声が響いていた。

寝台の上には雹華お気に入りの役者（故人）の絵や若い女子向けの小説が散らばり、その間に少女たちが行儀悪く寝転がっている。

臆病な月華は絶対に今夜は来ないだろうと雹華が豪語したため、春蘭は侍女の幽鬼が持ってきた身軽な衣《ころも》に着替えている。

空気のように軽い薄紅色の衣は着心地がよく、何より雹華とおそろいの帯なのが嬉しかった。

「これからは毎日、雹華とこうやっておしゃべりしながら一緒に寝られるのね」

『兄様と寝なさいよ……って言いたいところだけど、あの兄様がここに来るのはいつになることやら』

「やっぱり、私が会いに行くしかないのかしら」

『もしくは、私が引っ張ってくるわ。今日は逃げ回ってて捕まらなかったけど、隠れ場所はいくつか知ってるし』

強引に引きずってくると腕まくりする親友を頼もしく思っていると、不意に部屋の扉が叩かれる。

侍女だろうかと身体を起こすと、扉の向こうで響いたのは低い咳払いだった。

「……入っても、いいだろうか」

その声が月華のものだとわかった瞬間、雹華の姿がぱっと消える。

あまりの早さに唖然としつつ、慌てて寝台から降りようとした春蘭は見事に足を踏み外す。

そのまま派手に転倒した春蘭は、床に額《ひたい》を打ちつけてうめいていた。

「どうした、入るぞ」

音が聞こえてしまったのか、勢いよく扉が開く。

涙目で額を押さえていると、月華が慌てた様子で春蘭の側に膝をついた。

「頭を打ったのか？」

額をそっと撫でられ、春蘭はビクッと身体を震わせる。

月華の指先が肌に触れると、驚きで痛みはすっかり飛んでしまった。

言葉を発せぬまま月華を見上げていると、彼は真剣な眼差しを春蘭の額に向けている。

「腫《は》れてはいないし、大丈夫そうだな」

「は、はい……」

「この部屋は人には少し暗すぎるな。足下が危《あや》ういし、もっと明かりを持ってこさせよう」

月華の言葉にか細い声で「お願いします……」と言ったところで、目の前の凜々しい顔がピクリと引きつる。

「月華様……？」

「す、すまない、軽率に触れてしまった」

慌てて手を引っ込める月華に、春蘭は寂《さび》しさを覚える。

「もっと、触れてくださってもかまわないのに」

「い、いや、それは……」

しどろもどろになる月華は、引っ込めた腕を背中に回してしまう。絶対に触れないという頑《かたく》なな意志を感じ、春蘭はすねた気持ちになる。

「私に触れるのは、お嫌ですか？」

「嫌なわけがない」

「なら触れてほしいです」

「そなたのような若い女子に触れるのは……」

「私は月華様に献上された花嫁です。むしろ、好きなだけ触れてください」

月華に献上されることが決まったとき、春蘭は母から『もし正式に嫁ぐことが決まったら、夜は月華様にその身を委《ゆだ》ねなさい』『触れられても、決して怯えてはなりません』と言われた。

また夫婦のあれこれが記された指南書も渡され、そこにも夫婦の触れ合いは大事だと書かれていたのだ。

「夫に触れられて喜ぶのがよき妻だと本で読みました。私はよき妻になりますので、どうぞどこでも好きなところを、好きなときに触ってください」

「無茶を言うな」

「なぜですか？　私の身体で触れたいところはないのですか？」

首をかしげると、月華の視線が不意に春蘭の唇に注《そそ》がれる。

「ここに触れたいのですか？」

「誤解だ」

「でも今、じっと見ましたよね」

「たまたま目に入っただけだ」

「どうぞ、お好きなだけおさわりください」

そう言って唇を軽く突き出すと、月華は猛烈《もうれつ》な勢いで背後にある柱まで後退する。

「そ、そなたは、もう少し恥じらいを持つべきでは……？」

「雹華から『兄様が春蘭のぶんも恥じらうだろうから、ぐいぐい行きなさい』と言われました」

「あの妹め……」

うめき声を上げながらうなだれる月華に、春蘭がそっと近づく。

柱を挟みながらその顔を覗き込み、黒い衣の袖をそっと引いた。

「それで、唇はいいのですか？」

「いきなり触れられるわけがない」

「私はいつだって準備万端です」

「もっと時間をかけて準備しなさい」

妙な叱《しか》られ方をされ、春蘭はむっとした気持ちで唇を突き出す。

「頼むから唇を引っ込めておいてくれ」

「これは触れられるためではありません」

「わかったから、引っ込めてくれ」

必死で訴えられ、仕方なく口元を袖で隠す。

「では、他にどこに触りたいのですか？」

「そもそも、そなたに触りに来たわけではない」

「でも母は、夫が夜に訪ねてくるときは触れ合いにくるときだと言っていました」

「幽鬼の国は人の国と昼夜が逆なのだ。つまり今は昼だ」

そういえば、雹華も昔似たようなことを言っていたなと思い出す。

「では、なんのためにここに？」

「……そなたに、王宮や街を案内しようかと」

「すぐ支度します!!」

思わず身を乗り出すと、月華がその勢いに戦《おのの》く。

さすがに勢いよく食いつきすぎたかと反省するが、ふっと月華が微笑んだ。

「急がずともよい。夜はまだ始まったばかりだ」

「ですが、少しでも早く身支度を調《ととの》えれば、それだけ長く月華様とご一緒できますので」

そう言って笑うと、月華が慌てた様子で入り口へと歩き出す。

「ならば、外で待っている」

外に出て行く月華の背中を見送ると、春蘭は手早く身支度を調えた。

「そなたは準備がいちいち早いな」と驚かれるほどの速度で外に出ると、待っていた月華は馬にまたがっていた。

馬のたてがみや尾は青い炎に包まれており、どうやらこれもまた幽鬼のようだ。

「霊馬を見るのは初めてか？」

「やはり、霊なのですね」

「ああ、戦場で亡くなった軍馬の魂《たましい》が寄り集まると、時折こうした特別な霊馬が生まれるのだ」

言いながら、月華が春蘭に手を差し伸べる。

「私も乗ってもいいのですか!?」

「俺だけ乗っていくわけがないだろう」

「でも、高貴な佇まいの馬なので、私が乗ってもいいのかと」

戸惑いを口にすると、霊馬が春蘭に顔を近づける。

鼻先で頬をくすぐられ、春蘭は思わず笑った。

「確かに霊馬は気位が高く誰でも乗せるわけではないが、そなたは気に入られたらしい」

月華の言葉にほっとして、春蘭は彼の手を取る。

そのまま軽々と引き上げられ、春蘭は逞しい腕の中にすっぽりと収まった。

「こういう触れ合いも、いいものですね」

思わずにっこりすると、途端に月華の身体が強ばる。

「……やはり馬を二頭用意すべきだった」

「もしや、こうなることを全く想像していなかったのですか？」

「そなたが馬を好きだと聞いていたから、霊馬に乗せてやりたいという気持ちばかりが急《せ》いて……その……」

密着することになるとは、考えが至っていなかったらしい。

そういう抜けているところが好きだなと思いつつ、春蘭は月華の腕をぎゅっと掴む。

「もう乗ってしまったので、今日はこのままで」

同意するように霊馬が嘶《いなな》き、月華は渋々という顔で馬を走らせた。

その速さはまさしく風のようで、春蘭は思わず歓声を上げる。

「怖くはないか？」

「はい、とても楽しいです」

「そなたは度胸があるな」

「だってこんな速い馬は初めてなんです」

「なら、もっと驚かせよう」

月華が強く腹を蹴ると、霊馬が嘶き大地を強く蹴る。

次の瞬間その身体はふわりと宙に浮き、蹄が風を踏みしめ天高く舞い上がった。

「まさか、飛べるのですか!?」

「それが霊馬というものだ」

遠ざかっていく大地を見て驚くも、春蘭はまた歓声を上げる。その身体が落ちないよう

に と強く抱き寄せられ、むしろそちらのほうに鼓動が乱れる。

「気に入ったか？」

「はい、とっても素敵です」

「なら今度遠乗りに行こう。街にはすぐついてしまうからな」

さりげなく口にされた次の約束に、春蘭は大きく頷く。

「ぜひお願いします。あと次は、手綱を握っても？」

「握りたければ、今でもよいぞ」

言うなり手を取られ、手綱を握らせてくれる。それだけで嬉しいが、ぎゅっと重なる手にも鼓動が跳ねる。

「普通の馬を操るのと、要領は同じだ」

「高度を変えるのは？」

「念じるだけでいい。心を許したそなたの言うことなら聞くだろう」

月華は霧に覆われた森の奥を指さしながら言う。

「あの明かりのあるところに向かうんだ」

「明かり？」

目をこらすが、指の先には何もない。月明かりはあるが、眼下は深い霧に覆われほとんど何も見えないのだ。

それを言うべきか迷っていると、月華が「ああそうか」と懐《ふところ》から扇子《せんす》を取り出す。

「今日は人間が来るからと、見えないようにしていたのを思い出した」

しばし待てと言うと、月華は一度馬を止め、手にした扇子を広げる。緩やかに扇子を翻《ひるがえ》すと、次の瞬間渓谷を覆っていた霧が波のように引いていく。

「すごい――！」

現れたのは、巨大な都だった。渓谷を流れる川沿いにあるその都は、薄紅色に光る桜をいくつも抱《いだ》き、夜だというのに美しく輝いている。

「ここが、幽鬼の国……」

「俺の曾祖父が築いた都だ。冥府に行けず、この世を彷徨《さまよ》う幽鬼たちの住処《すみか》として作られた」

「噂には聞いていましたが、もっと不気味な場所かと思っていました」

「死んでもなお、人というのは美意識を失わないらしい。曾祖父の友人に優れた建築家だった幽鬼がいてな、彼がこの都を設計したのだ」

だから少し様式が古いと指さす建物はすべて木造で、確かに現代の建物とは装いが違う。

しかしそれが緑豊かな渓谷と上手く調和しているように見て取れた。

「あと、あの光っている桜は？」

「月桜という、あれもまた幽鬼の一種だ。死んでもなお咲き誇りたいと願う桜が、時折ああして姿を変える」

それを集めて植えたのだと説明され、春蘭は感嘆の声を上げる。

（この世には、私の知らないことがまだまだたくさんあるのね……）

外に出られないぶん、たくさんの本を読んで様々な知識を得た気でいたけれど、それは驕《おご》りだったようだ。

「ただ、街を行き交う幽鬼たちの中には不気味な奴もいるがな」

「不気味なのは平気です」

「その言葉が違《たが》わないことを祈ろう」

そう言って笑う月華の手に導かれ、春蘭は美しい都へと霊馬を走らせた。

◇◇◇　◇◇◇

「見てください月華様！　あの飴細工《あめざいく》、全部骸骨《がいこつ》の形ですよ！」

露店を楽しそうに見ている春蘭を、月華は感慨深い気持ちで眺めていた。

言葉通り、街に降り立っても春蘭は幽鬼たちを恐れる気配はなかった。

幽鬼は基本、死んだときの姿のままとなる。九娘や雹華のように姿を変えられる者もいるが、それは大変稀なのだ。

　そのため不気味な容姿となってしまう者もいるが、春蘭はそれに全く臆《おく》していないらしい。そのことに驚いているのは月華だけではないらしく、幽鬼たちも春蘭を興味深そうに眺めている。

『おい、あの引きこもりの月華様が街にいらしたぞ！』

『それも女連れだ！』

　ただ、中には春蘭ではなく月華に視線を向けている者もいるが。

「街には、あまりいらっしゃらないのですか？」

　幽鬼たちの会話に気づき、春蘭が尋ねてくる。

「人混みはあまり得意ではなくてな。それにこうして騒ぎになる故、普段は変装をしている」

　ただ今日は春蘭と出かけられる緊張と喜びで、変装することをすっかり忘れていた。

「でしたら、どこか静かなところに行きましょうか」

「いや、そなたが見たいところに行けばいい」

「私も長旅のあとなので、静かなところで少し休みたいのです」

　春蘭の言葉に、月華は彼女が幽鬼の国に来たばかりであることを今更思い出す。

　イーンンからは馬でも三日はかかるし、本来ならゆっくり休みたかっただろう。

「気が利かなくてすまない」

「いえ、今夜は興奮で眠れないだろうなと思っていたので、連れ出してくださって嬉しいです」

嫌な顔一つせず、春蘭は言う。とはいえ霊馬は入り口に預けてしまったし、このまま歩かせるわけにもいかない。

そう思ったとき、ふと目に入ったのは一軒の茶楼だ。少し前、文通のための話題作りにと入った店で、返事には「ぜひ行ってみたい」という文字が綴《つづ》られていた。

「では、こちらへ」

無意識に春蘭の手を引き、茶楼へと向かう。中に入ると主には驚かれた顔をされたが、すぐさま個室に案内された。

奥の席に春蘭を座らせようとして、月華は小さな手を掴んでいたことに気づく。

慌てて放すと、驚いた顔で春蘭が月華を見上げた。

「すまない、痛くはなかったか」

「いえ、むしろもう少し繋いでいたかったくらいです」

そう言って座ってから、春蘭は無邪気に手を差し出してくる。

「無茶を言うな」

「手を繋ぐだけなのに、無茶なのですか？」

「そんな小さな手に、触れるわけがない」

「さっきは触れていたではないですか」

「あれは無意識だったからだ」

今は無理だと主張するが、春蘭が引く様子はない。

「なら無意識でいてください。今度は私から触りますので」

「そなたから握られたら余計に意識するだろう」

とんでもないことを言い出す子だと驚いていると、店員の幽鬼が咳払いをする。

生暖かい目を向けてくる幽鬼から品書きを受け取ると、手の代わりにそれを春蘭に握らせた。

「好きなものを、好きなだけ頼めばいい」

一瞬不服そうな顔をされたが、すぐに春蘭は品書きに目を落とした。

「どれもおいしそうで迷いますね。……確か、前に雹華が文で褒めていた茶とお菓子はどれだったかしら」

悩ましげに眉をひそめる顔はなんともいえず愛らしく、思わずぼうっと見惚れてしまう。

「その文は、いつ頃のものだ」

「確か、一月《ひとつき》ほど前に……」

「わかった」

それならば、月華にも覚えがある。

なにせ文を書いたのは、他ならぬ自分だ。

春蘭の手から品書きをそっと抜き取り、こちらの様子を窺っていた店員に視線を送る。

「紺碧山《こんぺき》の花蜜と、霊牛の乳をたっぷり入れた月花茶を二つ。あと豆花《トーファー》と桂花糕《グイホアガオ》を」

手早く注文をすませると、気を利かせたのか店員はさっと姿を消した。

(二人きりになると、それはそれで緊張するな)

手を繋いでしまったことを思い出して、落ちつかない気持ちになる。だからこそ、月華は春蘭が不思議そうに首をかしげていることにすぐには気づかなかった。

「ずいぶんすらすらと注文していましたが、雹華とよくこの店に来るのですか?」

「いや、一人だが」

答えてから、はっと失言に気づく。

「月華様が、一人でここに?」

「い、いや違う。雹華がよく一人で店に来ているという意味だ……」

なんとかごまかせたのか、春蘭が「なるほど」と頷く。

「では、月華様もここに来るのは初めてなのですか?」

「は、初めてだ。ただ店の話は雹華からよく聞いていたから詳しくなってしまってな」

「私もです。雹華が文によくここの話題を出すので、来たこともないのになんだか懐かしい気持ちになるくらい」

微笑みながら、春蘭は茶楼を見回す。

「雹華が言うとおり、女性客が多いですね。内装もとっても可愛いし、彼女が通うのもわかるかも」

本当は自分が通っていたとは言えず、月華は曖昧《あいまい》に頷く。

（来るときは変装をしていたから俺だとばれていないはずだが、念のため俺が通っていたことは伏せるよう店員に言っておこう……）

なにせ彼はこの店の常連だ。最初は春蘭との話題作りのためにと若い幽鬼向けのこの店に足を運び、以来甘味の虜になってしまったという次第である。

基本引きこもりなので出かけるのはおっくうなのだが、この店の味は城の料理人でもまねできないもので、ここでしか食べられない。

それ故誰にも声をかけられないよう変装までして通っていたのである。

雹華にも行きすぎだと笑われたし、事実を知れば春蘭は月華を男らしくないと思うかもしれない。

普段は見栄を張るほうではないが、好きな女子には少しでもよく見られたいという気持ちは月華にもある。だから常連であることはなんとしても隠そうと決めていると、お茶とお菓子が運ばれてきた。

春蘭はさっそくお菓子に手を伸ばし、一口頬張ると大きな瞳がこぼれそうになるほど目を見開く。

「これ、すごくおいしいです！」

「気に入ると思った」

思わず微笑むと、また春蘭が首をかしげる。

「月華様は、食べたことが？」

「ひょ、雹華が時々土産にくれるのだ」

ごまかそうと決めたばかりなのに、さっそくぼろを出しかけた自分を心の中で叱責《しっせき》する。

「このお茶も甘くておいしいです」

「口に合ったか？」

「はい。でも、不思議な香りですね」

「この都の周辺でしかとれない特別な茶葉なのだ。蜜も幽鬼にしかとれぬ高い山の上にある特別なものだ」

そういうものだからこそ、幽鬼たちも食べることができるのだと説明すると、春蘭は興味深そうに耳を傾けている。

「もちろん、人が食べても問題ないから安心してくれ」

「別に、不安はありません」

「だがよく言うだろう。幽鬼の国のものを食べたら、人の世には戻れなくなると」

「月華様のお側にいられるのなら、戻れなくなってもかまいません」

美しい笑みを浮かべながらそんなことを言うものだから、口に入れていた菓子が喉に詰まりそうになる。

(今のは幻聴か？　こんな台詞、都合がよすぎないか!?)

などと混乱していると、むせているのに気づいた春蘭がお茶を差し出してくれる。

「喉に詰まりやすいので、ゆっくり食べないと」

「そ、そなたがいけない……」

「私はべつに、何もしていませんけれど」

「だが、変なことを言っただろう。この俺の側にいたいみたいなことを」

「側にいられるのはお嫌ですか？」

「い、嫌ではないが、俺の側にいたいと思う理由がない」

だって月華は春蘭のような若い女子に好まれる要素がない。

引きこもりで、人間嫌いで、間が抜けたところも多い。そういうところを春蘭はすべて知っている。

霓華が色々と教えてしまったし、妹に代わって自分が文通をするようになってからも、月華は己のだめなところを文に綴り続けてきた。

正直自分の失態を晒《さら》すのは恥ずかしかったが、春蘭が聞きたがるから渋々教えたのだ。

今更見栄を張って嘘《うそ》を書くのも情けないし、自分をよく見せる勇気もなかったというのもあるが。

「国のために、無理に俺の側にいる必要はない。そなたが帰りたいと言っても止めないし、同盟を結んだ以上義務は果たす」

「無理などしていませんし、私は帰りたいとも思っていません」

春蘭はお茶の入った器を愛《いと》おしげに撫でる。

「ずっと夢だったんです、こうしてお茶をするのが」

微笑みつつも、彼女の顔にはわずかに憂《うれ》いを帯びていた。

それを見て、月華は彼女がずっと外に出られなかったことを思い出す。

彼女は異性を避けなければならなかった。引きこもるのが好きな月華とは違い、活発な彼女にとってそれは退屈なことでもあっただろう。

(ここならば、彼女は自由に出歩けるのか)

九児や雹華のような例外はいるが、基本的に幽鬼は恋や愛にあまり興味がない。生前とは美意識も変わるし性欲もないため、美女を相手に興奮するようなことがないのだ。

そんな環境が、春蘭にとっては心地いいのかもしれないと今更気づく。

「そなたがここにいたいというなら、それも止めぬ」

「本当ですか!?」

「好きなだけここで過ごせばよい。雹華が世話になっているし、衣食住は保証する」

月華が言えば、春蘭の顔がぱっと華やぐ。

その愛らしさに見惚れかけて、月華は慌てて茶器を手に取った。

（どうにも、この子の笑顔を見ていると調子が狂う）

人間の生き生きとした笑顔が、月華はずっと苦手だった。なのに春蘭の笑顔だけは、ずっと見たいと思ってしまう。

（顔を見れば、この想いも落ちつくと思っていたのだがな……）

元々彼女の内面に惹かれていた。でも自分のような男の好意など迷惑だろうと考えていたし、いざとなったらこの思いを断ち切れると月華は思っていたのだ。

（なのに更に心を奪われるなんて……）

情けなさと動揺が増し始め、茶器を持つ手がぷるぷると震えてしまう。

「手が痛むのですか？」

そんな月華を見かねたのか、震える手に春蘭がそっと手を重ねてくる。

先ほど手を繋いだが、あのときよりも柔らかな手の感触がより鮮明に感じられ、月華は茶器を取り落としかけた。

「月華様は、手がとても冷たいのですね」

動揺する月華に気づかないのか、春蘭はのんきに手をさすってくる。

「は、放してくれ……」

「でも、とても冷たいので温めて差し上げたいなと」

「こうして茶器を握っていれば、温まる……」

手だけでなく声も震わせながら、月華は春蘭の手から自分の手を引き抜いた。

途端にすねた顔をする彼女もまた大変愛らしく、月華は意味もなく叫び出したい気持ちになる。

（ああくそ、心臓が……胸が……落ちつかない……）

胸を掻《か》きむしりたい気持ちになるが、そうしたらまた春蘭にいらぬ心配をされそうだ。

手だけでこんな有様なのに、もし胸にでも触られたら鼓動が止まりかねない。

（平静に、平静にならねば……）

そうやって自分に言い聞かせ、春蘭から視線を無理やり剝《は》がす。

これ以上見ていたら自分はおかしくなるかもしれない。そんなことを考えながら、月華は甘いお茶を一気に飲み干したのだった。

◇◇◇　◇◇◇

（せっかく月華様と憧れの店に来られたのに、なんだかままならないわね……）

茶楼を出た春蘭はそっとため息をこぼす。

街の散策まではいい雰囲気だったのに、店に入る前よりも月華との距離がなんだか遠い。

(やっぱり、雹華の助言を鵜呑《うの》みにするんじゃなかったかしら……)

そんなことを考えながら、春蘭がこっそり取り出したのは出かける前に雹華から渡された覚え書きである。

『これが、兄様の攻略法よ！』

と胸を張りながら、雹華はこの覚え書きを握らせてきたのだ。

覚え書きには様々な助言が書かれているが、何よりも大きく太筆で書かれているのは『とにかく密着する！』という言葉である。

雹華曰く月華は普段幽鬼としか触れ合わない。だから温かなぬくもりに飢えているに違いないと彼女は豪語していた。

それを信じて、春蘭は少しでも彼と密着しようと頑張った。

春蘭も普段人と触れ合わないのできっかけがわからず戸惑ったが、『とにかく攻めろ！押して押して押しまくれ！』とも言われたので、少々強引なほど彼に迫ってみた。

その結果、月華を萎縮《いしゅく》させただけのような気がする。

(押すのも、手を握るのも難しい……)

かといって、人との適度な距離の取り方も、春蘭にはわからない。

今更のように気づいた引きこもりの弊害に、悩ましい思いを抱く。

「そろそろ帰るか」

月華は歩き出し、春蘭は慌ててそれを追いかける。

茶楼に来るときは手を繋げたが、今はそれを拒むように月華は腕を組んでいる。

明らかな拒絶を見せられると、これ以上迫ることも押すこともできない。

仕方なく、春蘭は半歩遅れて月華に続く。

行きの反省を生かしてか、月華は幽鬼の少ない裏通りを早足で歩くことにしたようだ。

しばし細い裏道を進んだあと、二人はいくつもの赤い橋が架かる細い運河にぶつかった。

運河沿いには桜が植えられ、恋人同士とおぼしき幽鬼たちが甘く見つめ合っていた。

(雹華が幽鬼も恋をすると言っていたけど、本当なのね……)

死ぬと肉体が持っていた欲が消えるというが、中には生前の感情や欲を捨てずにいる幽鬼もいるらしい。雹華もその一人で、素敵な幽鬼と恋がしたいとよく話していた。

(その話を聞くたび、私もそういう幽鬼になりたいって願ってたっけ)

橋を渡りながら、水面《みなも》に映る自分の姿に目を留め、ふとそんなことを思う。

人は皆、春蘭の姿を見るたび「美しい」と口にし、その容姿を褒め称《たた》える。

喜び誇るべきことだとわかっているが、そう言われるたび春蘭はいつも気が重かった。

春蘭の容姿は素晴らしいが、同時に人の心を狂わせる。特に異性は姿を見るなり目の色を変え、自分のものにしたいと望む。こちらの意志など関係なく、乱暴を働こうとする者も少なくない。

恐怖を覚えたことも多く、そのたび自分には普通の恋をするのは無理だろうなと痛感させられた。

だから雹華に幽鬼も恋ができると聞いたとき、死後の世界に夢を見てしまったのだ。

死んで幽鬼になると容姿が変化することもあるというし、それによってこの美しさも陰るかもしれない。

(それに幽鬼になったほうが、月華様にも愛していただけるかも)

月華は人よりも幽鬼のほうが好きなようだし、今より可能性が高くなるのではとふと考えてしまう。

心に芽生えた悩みが春蘭の足を止め、彼女は欄干《らんかん》をぎゅっと握りしめる。

そのまま大きなため息をついたとき、自分の姿を映していた水面を不意に不気味な黒い影がよぎった。

『……〝徒華《あだばな》〟の花嫁か』

不気味な声に耳元で囁《ささや》かれ、金縛りにあったかのように身体が動かなくなる。

恐怖をこらえながら水面に目をこらすと、春蘭の背後に立っていたのは不気味な男の幽鬼だった。

その装いは古めかしく、春蘭の首筋に伸ばした手は真っ赤に濡れている。

『また、〝徒華の花嫁〟が生まれたのか……。ああ、私はまた……この華に惑《まど》わされるのか……』

幽鬼は悲しそうに囁きながら、震える指先を春蘭に伸ばす。

「その娘に触れるな」

だが指先が触れかけた瞬間、幽鬼の立っていた場所を白き刃《やいば》が切り裂く。

金縛りが解け、振り返った春蘭をぐっと抱き寄せたのは月華だった。

同時に翻した刃の先には、あの不気味な幽鬼が震えながら立ち尽くしている。

「今はあえて外した。斬られるか今すぐ立ち去るか、どちらかを選べ」

持ち上げた切っ先を、月華は改めて幽鬼へと向ける。

幽鬼は怯えた顔で、助けを乞《こ》うように跪《ひざまず》く。

『私が……私が悪いのではない……。その女が……その華が誘惑したのだ……』

「わ、私は何もしていません！」

慌てて言うと、月華が視線を春蘭へと向ける。

その視線は柔らかく、言葉はなかったが「わかっている」と言ってくれている気がした。

それにほっとしていると、幽鬼の姿がゆっくりと薄れ始める。

『また、華が咲く……。その香りが……美しさが……咲き誇る……』

「貴様、いったい何を言っている」

月華が春蘭を背後にかばいながら、幽鬼を睨《にら》む。

幽鬼は天を仰ぎながらその姿を更に薄れさせた。

『戦いが始まる……。華が……戦いを呼ぶ……』

姿と共に声も薄れ、最後は何を言っていたのかさえ聞き取れなくなっていく。

「おい、待て！」

月華が声をかけるが、幽鬼の姿はわずかな輝きを放つとすっと消えてしまった。

その姿が見えなくなると、春蘭は少しほっとする。一方で不気味な声は未だ耳に張りついたまま消えない。

(戦いが始まるってどういうこと……？　それに華って、私のこと……？)

不安が渦巻《うずま》く胸を押さえ、春蘭は幽鬼が消えた場所をじっと見つめた。

「大丈夫か？」

月華に問いかけられ、春蘭ははっと我に返る。

「だ、大丈夫です」

「……すまない、つい君から目を離してしまった」

謝罪しながら、月華が刃をしまう。

その流れるような仕草に目を奪われるうちに、ようやく胸の奥の不安が消え始める。

「こちらこそ、足を止めてしまってすみません。幽鬼の国だからと、油断していました」

「油断したのは俺だ。そなたが魅力的だと知っていながら、ここなら迫る男はいないだろうと思っていた」

月華は申し訳なさそうな顔をするが、春蘭は彼の言葉にはっと息を呑《の》む。

「魅力的だと、思ってくださっているのですか？」

「そ、そこは聞き流してくれ」

「聞き流せません」

興奮している場合ではないと自分でもわかっていたが、月華の褒め言葉が嬉しくてつい声と身体に力が入ってしまう。

「手を繋いでくださらないから、魅力を感じていないのかと」

「そういうわけではない」

「なら、手を繋ぐのがお好きではないのですか？」

「そういうわけでもない」

「なら、繋ぎませんか？」

手を差し出すと、月華がわかりやすく狼狽《ろうばい》する。

「な、なぜ繋ぐ必要が？」

「だめではないのでしょう？」

いる。


「だめではないが……」

「もう、怖い思いはしたくないので」

正直魅力的と言われた時点で、先ほどの怖さなど吹き飛んでいた。

むしろ自分を助けてくれた月華のかっこいい姿を見られてよかったとさえ、思い始めている。

でもこう言えば月華は断らないに違いないと、ずるいことを考えてしまったのだ。

（それにやっぱり私、できるなら今すぐ月華様と恋がしたい）

幽鬼になってからと先ほどは思ったが、やはり今すぐ月華と手を繋ぎたい。

この人に見つめてもらいたいと願ってしまう。

「温かな手が嫌なら川で冷やしてもかまいませんから、どうか繋いでください」

「別に冷やさなくてもいい。というかなぜ、そんな考えになる」

「だって月華様は人間がお嫌いなのでしょう？　ならば人のぬくもりもお嫌いかと」

「好きではないが、そなたの手を冷やす必要はない」

「でも、もし冷やして繋ぐことができるなら、冷やします」

いってすぐにでも川に手を突っ込んでしまおうかと考えていると、月華は慌てて手を伸ばす。

「だから冷やさなくていい」

言うなり手を繋がれ、春蘭はぱっと顔を輝かせた。

「温かいままでいいのですか？」

「……いい」

絶対に川に手を突っ込むなと言いたげな顔で、月華は繋いだ手をぎゅっと握りしめる。

それが嬉しくて微笑むと、彼は春蘭から慌てて顔を背《そむ》ける。

「冷やさなくていいが、そういう顔はするな」

「顔……？」

「そなたは魅力的だと言っただろう。それを自覚してほしい」

そういう月華の耳がわずかに赤くなっていることに、春蘭は今更気づく。

（そういえば月華様は初心《うぶ》だって、雹華が文に書いていたっけ）

女性を前にすると照れてしまうらしく、きっと手を繋いでくれなかったのも恥ずかしさ故だと今更気づく。

（でもそれって、意識はしてくださっているってことよね）

なんとも思っていなければ恥ずかしがったりはしないだろう。

意識してくれているのだとしたら、好意に発展する可能性はあるのではないかと、春蘭は考える。

（とはいえ、やっぱり押しすぎは逆効果かもしれないわね）

恥じらいが彼を逃げ腰にさせているのなら、攻めるのはほどほどにしたほうがいいかもしれない。

何よりもまず、女性に――自分に慣れてもらわなければと春蘭は考える。

「よし、ほどほどに頑張ろう」

「……何を頑張るつもりだ？」

「私が頑張るべきことです」

そう言ってにっこり笑うと、月華は何かを感じたのか不安そうな顔をする。

春蘭が手をぎゅっと繋ぐと、彼は怯えながらもおずおずと手を握り返してくれた。

（うん、ひとまず今はこれだけで十分よね）

少なくとも茶楼を出たときよりは確実に距離は縮まっている。

月華は今すぐにも遠ざかりたそうな顔はしているが、それもきっと今だけだと春蘭は自分に言い聞かせ、どうやって距離を詰めようかと考え始めていた。

第二章

春蘭が来てからというもの、月華の朝はたいそう賑やかなものになった。

「月華様、粥《かゆ》を用意いたしました！」

雹華が勝手に開けた扉をくぐり、今日も春蘭が軽やかに入ってくる。

その顔には狐とおぼしき面をつけており、少々珍妙な装いだ。

「……その面はどうした」

「雹華に言われて作りました」

『兄様、『春蘭の魅力的な顔を朝から見ると心臓がおかしくなる』と昨日おっしゃっていたでしょう？　だから面をかぶったらどうかって提案したの』

明らかに面白がっている妹にうんざりしていると、春蘭は寝台で唸《うな》る月華の側に近づいてくる。男の寝室に入ってきたあげく寝台に近づくなと言いたいが、朝が弱い月華は追い返す覇気《はき》がない。むしろそれがわかっているからこそ、雹華は春蘭をこうして毎朝連れてくるのだろう。

朝――といっても幽鬼の国では既に夕方だが、西日に照らされた春蘭の姿はとても愛らしく、うめきたい気分になる。

「そなたは、朝から元気だな……」

「はい！　元々引きこもりで昼夜逆転気味だったので、ここでの生活のほうが性《しょう》に合っているみたいで」

「他にも何か身体に異常があったりはしないか？」

「大丈夫です。元気すぎて雹華に呆れられるくらいですので」

その言葉に嘘はなさそうで、月華は内心ほっとする。人間の中には、体質的に幽鬼と合わない者もいる。側にいると悪寒《おかん》を覚えたり、体調を崩したりする者もいるのだ。

(だが春蘭は平気そうだな)

雹華といつも一緒にいるし、二人でくっついて笑っているときもよくある。侍女や宮の者たちとも仲良くしているようで、最近はこうして一緒に月華の朝餉《あさげ》の準備をすることも多かった。その上こうして寝室にやってきては、窓を開けたり月華の服を用意したりと忙しく動いている。

それをぼんやり見ているうちにようやく頭がはっきりし始め、のろのろと身体を起こす。

「……何度も言うが、侍女のようなことはしなくていい」

お茶を淹《い》れている春蘭にそっと近づくと、振り返った彼女は月華を見上げた。

「でも、やりたいので」

「だが――」

「それに、これは口実なんです」

月華の言葉を遮るように言うと、春蘭が照れたように笑う。

「寝起きの月華様を、一番近くで見たくて」

「寝起き……？」

「私、寝起きの月華様を見るのが好きなんです！　寝癖がついてて、隙があって、寝ぼけているから私との距離もこんなに近いなんてとってもお得でしょう！」

「お……とく……？」

ものすごい勢いでまくし立てられるが、月華はその勢いについていけない。

とりあえず寝癖がついていることだけはわかって髪をとかそうと考えていると、春蘭が猛烈な勢いで櫛《くし》を取ってくる。

「それに、月華様の髪に触れる好機は逃《のが》しません！」

言うなり、春蘭は月華の背後に回る。

普段の月華なら勝手に寝台に上がるなと慌てているところだが、朝が弱い彼の頭はまだ

ぼんやりしていて、なすがままになってしまう。

（春蘭の手は気持ちがいい……）

髪をとかされるのは心地よくて、つい二度寝しそうになるほどだった。

むしろ軽く寝かけていると、春蘭の嬉しそうな鼻歌が聞こえてくる。彼女が口にしているのは、古い童歌《わらべうた》だ。母親が、子供の髪をとかすときによく口ずさむ歌である。美しい歌声もまた心地よく、さらなる睡魔が襲ってくる。船をこぎかけたところで、彼はようやくはっと我に返った。

（……いや、待て、待て待て待て待て!!）

月華は朝に弱いが、一定の時間がたつとぱっと意識が覚醒《かくせい》する。その瞬間が訪れたのは春蘭が月華の髪を結い直し終えたところで、いつも以上に動揺してしまう。

「うん、月華様の髪はやっぱり綺麗です」

そんな言葉を耳元で言われたものだから、ぎょっとした月華は寝台から勢いよく落ちる。

強《したた》かに腰を打ったところで、春蘭がどこか残念そうな顔でこちらを覗き込んできた。

「もう、目が覚めちゃいました？」

「……さ、さめた」

「じゃあ朝餉にしましょうか。今日の粥は自信作ですよ」

にっこり微笑む春蘭に、月華は小さくうめく。

『いい加減観念なさいよ。兄様は絶対春蘭には勝てないわ』

右手を春蘭に、左手を雹華に摑まれたまま食卓まで引っ張っていかれ、月華は返す言葉がない。寝ぼけてはいたが、先ほどのやりとりの記憶はある。

（好きだなんて言われたら、拒むことなどできるわけがない……）

なぜそんなことが好きなのかと疑問は覚えるものの、彼女が望むことを拒絶することなどできはしない。

とてつもなく恥ずかしいが、月華とてこの状況が嫌なわけではないのだ。

「はい、どうぞ！」

粥を差し出してくる春蘭は猛烈に可愛くて、叫びたいような気持ちになる。

奇声《きせい》を上げることだけはこらえるが、椀《わん》を受け取る手が震えすぎて雹華に笑われた。

『今にもこぼしそうだし、春蘭に食べさせてもらったら？』

「い、いい、自分で食べる……」

『でも火傷《やりど》するかもよ？』

「食べさせてもらうくらいなら、火傷したほうがましだ」

思わず強く拒絶すると、春蘭がしゅんと肩を落とした。

（あぁくそ、まただ……）

緊張のあまり、こうしてつい言いすぎてしまうのは月華の悪い癖だ。

これでは春蘭を拒絶しているようだと気づき、慌てて椀をぐっと握りしめる。

「お、男として……情けないことはしたくないだけだ。……別にそなたに食べさせてもらうのが嫌なわけではない」

「なら、食べさせてもいいんですね？」

間髪容れず聞き返され、唖然としているうちに椀を奪われる。

しゅんとした顔が嘘だったような晴れやかな笑みで、春蘭がさじで粥をすくう。

「火傷しないように、ちゃんと冷ましますね」

ものすごく嬉しそうな顔で粥に息を吹きかける春蘭を見て、もしや許られたのかもしれないと今更気づく。

（この子は儚い見た目にそぐわず、強かなのかもしれない……）

それに月華の御し方を、完璧に把握しているのかもしれない。

（そういうところも可愛いと、思ってしまう時点で俺の負けか）

とはいえ押されっぱなしでいいのかと、思わないでもない。

近頃は周りの幽鬼たちも春蘭を月華の嫁扱いしている。そのせいで、当人もすっかりその気になっているところもある。

（だが、本当に俺でいいのだろうか……）

自分はこんなに愛らしい子に好《す》かれるような男ではないと、月華は常々思っている。

霑華の代筆で書いた手紙でも自分の情けないところを散々書いてしまったし、今だって男らしいところを見せたことはほとんどない。

そこがいいと思ってくれているなら嬉しいが、彼女が示してくれる好意が異性間の愛情なのかどうか、色恋に疎《うと》い月華には全くわからない。

そもそも、月華は生きている女子と接したことがほぼないのだ。こんなに長く会話をしたことも初めてだし、女心というものが皆目わからない。というかそもそも、他人の感情を読むのが彼は壊滅的に下手だった。

(好かれてはいそうだが、異性としてなのだろうか……。そうだったら嬉しいが、かいがいしく世話を焼かれていると、どこか子供扱いされているような気もするし……)

深まる疑問に頭を悩ませていると、春蘭が月華の口元にさじを押しつける。

「食べないんですか？」

「……食べる」

好意の種類はともかく、春蘭が善意から世話を焼いてくれているのはわかる。

ならばそれに応えねばと口を開けると、彼女が嬉々として粥を食べさせてくれた。

『おいしい？　ねえおいしい？』

わかりきったことを尋ねてくる霑華を無視したかったが、幽鬼の彼女は上へ下へとふよふよ移動しながら何度も聞いてくる。

『おいしいわよね？　春蘭の手作りだもの、当然よね？　ねっ？』

「……美味《うま》い粥がまずくなるから、黙ってくれ」

『春蘭、おいしいって!!』

「……人の話を聞け」

思わずうめくも、雹華と共にきゃっきゃとはしゃぐ春蘭を見ていると強くは怒れない。

（というか、なぜ俺が褒めるとこんなに嬉しそうなんだ……。やはりこれは俺が好きなのか!?　好きだから喜んでいるのか!?）

そうとしか思えない一方で、恋愛経験のなさすぎる月華は確信が持てず、一人無駄に悩むばかりだった。

◇◇◇　◇◇◇

（うん、今日も月華様との距離を詰められた気がする……！）

朝餉のあと、部屋へと戻ってきた春蘭は確かな手応えに拳《こぶし》を握りしめていた。

月華と距離を詰めようと決めてから早数日、雹華の手を借り計画は着々と進行している。

それに気をよくしつつも、心の中にはわずかな焦《あせ》りがある。

（でももっと、ぐっと距離を詰められる方法はないかしら）

月華は少しずつ春蘭に慣れ、戸惑いながらも側にいることを許してくれている。

彼は春蘭を女性として見てくれていないように思う。ここに来たときは侍女よりも嫁のほうがいいと言ってくれたが、実際は妹の友人として扱われるばかりだ。

異性に過剰な愛情を向けられ続けた春蘭にとって、月華の距離感は心地よくもあるが、日に日に物足りなさを感じ始めている。

とはいえ具体的にどうすればいいのかと頭を悩ませていると、不意に強い風が吹き、窓が大きく開いた。

風が春蘭の髪を揺らすと共に、窓の側に置かれていた寝台の上に、白い影がゆらりと降り立った。

『おや、今日はなんだか浮かない顔をしているね』

小さな少年の声に、春蘭は思わず苦笑を浮かべる。

「突然窓から入ってくると、びっくりするじゃない」

『そなたの驚く顔が見たくてな』

意地の悪い笑みを浮かべる少年に、春蘭は苦笑を深める。

(九児は、本当にいたずら好きよねぇ)

思えば『九児』と名乗るこの少年が初めて現れたときも、突然窓から飛び込んできた。

春蘭がここにやってきて二日目の早朝、寝ていたところに彼が現れたのである。

幽鬼に恐れはなかったが、さすがにこの登場には驚いた。

その顔がそうとう面白かったらしく、九児は隙を見てはこうして春蘭を驚かせに来る。

「今日も、お母さんはお仕事？」

『ああ、だから暇なのだ』

無邪気に笑う九児は、宮殿で働く侍女の子らしい。といっても既に死んでいるので春蘭より年上のようだが、幽鬼は死んだときの年齢のまま身体も心も成長しないので自分は永遠の九歳児なのだという自己紹介を最初に受けた。

忙しい母が遊んでくれずに寂しい。だからかまえと言われてしまうと無下にもできず、好きなときに遊びに来るようにと彼には言っている。

ただ彼が来るのは大抵こうして春蘭が一人でいるときで、毎回こちらを驚かせるような登場の仕方をするのでやっかいだ。

「遊びに来るのはいいけど、次はちゃんと扉から入ってきてほしいかも」

『正面から入ったら誰かに見つかるだろう』

「見つかったらまずいの？」

『まずいような、まずくないような、そんな感じだ』

九児は時々、なんとも曖昧な言葉で春蘭を惑わせる。

それもまた、彼のいたずらなのかもしれない。

『それより、なぜ浮かない顔をしていた？　そなたの夫に、何か困らされているのか？』

「月華様は夫じゃないの」

『では夫でないことが、困りごとか？』

永遠の九歳児と名乗るわりには、この少年は妙に聡《さと》い。今のように突然大人びた物言いになるときもあり、春蘭は会うたび不思議な気持ちになる。

（この子は、本当はいくつなのかしら……）

侍女の子供というのもなんだか怪しいが、もし本当に危うい存在なら月華が見逃しはしないだろう。だから害はないだろうし、いたずらにさえ目をつむれば彼のことを好ましく感じられる。

『ほれほれ、悩みがあるならこの童《わらべ》に言ってみよ』

気ままでつかみどころはないが、九児は春蘭の相談によく乗ってくれる。

宮での生活に関する悩み、例えば仕来りなどについても、あれこれ教えてくれた。

驚かすような登場の仕方をするので心臓には悪いが、彼なりに春蘭によくしてくれているのだろう。

「悩みは悩みだけど、今日の悩みは子供に言うことではないし……」

『子供だが、人生経験は豊富だぞ』

寝台に寝転がり、足をパタパタと可愛く動かしながら九児が春蘭に微笑みかける。

『ということで、話してみよ』

自分の側に座れと示され、春蘭はおずおずと九児の隣に座す。

『それで、月華が何かしたか？』

「……何もしないのが、問題というか」

『つまり、接吻《せっぷん》さえないということか』

「せっ……!?」

子供の口からそんな単語が出るとは思わず、春蘭は目を剝《む》く。

『接吻くらい、私でもしているぞ』

「最近の……と言うべきかはわからないけれど、子供なのにそんなことをするの？」

『男女に歳は関係ない。したい相手がいればするだろう』

「……なら、月華様はそういうことをしたくないということかしら」

『さすがにそこまで枯れてはいないと思うぞ』

そういうと、九児がじっと春蘭の唇を見つめる。その眼差しはなぜだか月華のものに似ている気がして、少し落ちつかない気持ちになる。

『そなたの唇は、男なら口づけたいと思う魅力がある』

「月華様も、触れたいと思ってくださっているそぶりはあったの。でも、結局――」

『触れなかったのだろう？　あれはいつも、肝心なところで及び腰になる』

「九児は、月華様のことに詳しいのね」

『ここに住まう者なら、あれが情けなくて臆病なのは誰でも知っておる』

九児は突然立ち上がった。

『皆、あの臆病者を男にしたいと思っているのだ。この都で唯一命を持ち、血を繋ぐこともできるのに、いつまでたってもなそうとしない』

「今まで、お相手は一人もいなかったの？」

『いなかったし、候補が現れるたび逃げ回っていた。……まあ、あやつの身に起きたことを思えば、血を絶えさせたいと思う気持ちもわからなくはないが』

不意に、九児らしくない陰りが幼い顔によぎる。

その表情と言葉が、春蘭は気になった。

「それは、結婚なさりたくない事情があるということ……？」

『気になるなら、月華に聞いてみるといい』

九児は言うが、表情から察するに何か込み入った事情がありそうだ。

それを自分に教えてくれるだろうかと、春蘭は悩む。

そんな彼女に気づいたのか、九児がニコッと笑った。

『そなたは下手に遠慮をせずともよい。むしろ今は、逃げ回る月華を押さえつけてでも攻めるべきときだ！』

　そう言って拳を握る九児の勢いは、どこか雹華を彷彿《ほうふつ》とさせる。

『それができるのは春蘭しかおらぬ。だから皆、そなたに期待をしておるのだ』

「なら、頑張ってみるわ」

『うむ、その意気だ！』

　九児はぴょんとその場で立ち上がる。寝台を飛び降りると勝手に春蘭の衣装箱を開け始めた。自分の身体ほどもあるそれに上半身を突っ込むと、九児は中に入っている衣をものすごい勢いで引っ張り出していく。

『確か、雹華が〝あれ〟をこの箱に隠していたはずだが……』

「な、何を探しているの？」

『勝負服だ』

「しょうぶふく……？」

　それはいったいなんだろうかと悩んでいると、『これだ！』と九児が鮮やかな衣を取り出した。

『これを着ればそなたの悩みは解決だ』

　思わず受け取ると、薄紅色の上衣は妙に軽い。それもそのはず、広げた衣は肌が透けるほど薄かったのだ。

「こ、こんな薄い衣が私の悩みを解決してくれるの？」

『月華と距離を詰め夫婦のように過ごしたいのだろう？　ならば必要なのは、色気だ！』

「い……!?」

『この衣は幽鬼だけが作れる特別な衣でな。驚くほど薄く、肌が透けるのだ！」

「す、透ける……？　それは、色々と困らない？」

『月華は困るだろうな。だが困らせることが、男女の仲を深める最短の道だ！』

九児の主張は突飛すぎて、春蘭にはよく理解できない。

自信満々の顔で、九児は衣をぽんと叩く。

『これを着て迫れば、月華はイチコロだ』

「でもさすがに、月華様の前でこれを着るのは恥ずかしい……」

『頑張ると言っただろう』

「い、言ったけど……」

『ならば、この教本も読みなさい』

今度は何やら怪しい書物を差し出される。

開かれた本には男女があられもない姿で抱き合う絵が描かれており、春蘭は思わず顔を赤らめた。それは母からもらった夜伽《よとぎ》に関する本によく似ていた。母の本ではぼかしていた行為についての要項が、この本ではたいそう過激な絵を用いて記されていた。

夫婦の営みについて知っているつもりだった春蘭だが、自分はまだまだ初心だったのだと思い知らされる。

「こ、こんなことを月華様と……？」

『大人の男女なら普通にすることだ』

「お、大人の男女のことを、どうして子供のあなたが色々知っているの……？」

『細かいことは気にするな。それよりもこの本のように、お前たちは大人の触れ合いをすべきだ』

「で、でも……こんなに激しく肌に触れるの……？」

『月華に触れるのは好きだと、前に言っていなかったか？』

言ったけれど、その場に九児はいただろうかと悩む。しかし詳しく問い詰める間もなく、彼は身を乗り出してきた。

『好きなら、もっと触れ合えばよい』

「でもあの、触れ合うのは手とか、顔とかのことで……」

春蘭が望んでいたのは、どれもささやかなものだった。本に書かれているような、衣の間に手を入れ合い、お互いをまさぐるような触れ合いは想像もしていなかった。

『夫婦になったら、これくらい普通だ。むしろこの本に書かれているのは健全すぎるくらいだ』

「そ、そうなの？」

『普段から月華にぐいぐい迫っているが、もしや春蘭はかなり初心か？　むしろ知らないからこそ、ぐいぐいいけたのか？』

腕を組み、九児が悩みながら一人でブツブツしゃべり出す。

その間、春蘭は渡された本を恐る恐るめくってみる。

（触れ合うって、なんだか難しそう……）

本には絡み合う男女の姿がたくさん描かれていたが、どれも奇妙な体勢で身体を絡み合わせている。それが自分にできるだろうかと頭を悩ませていると、九児に本をひょいと奪われた。

『やはりそなたは初心なままでいこう。そのほうがきっとあやつの驚異になりそうだし』

「では、色気で迫る作戦はなし？」

『いや、それはやろう。そのためにも、ひとまず試着をしておけ』

「でもこれ、透けるんでしょう？」

『おおいに透ける』

「そ、そんなの着られないわ」

『恥ずかしいならまずは何枚か重ねてみるといい。透けそうで透けない衣というのも、趣《おもむき》がある』

「お、趣……？」

やっぱり九児の言葉の意味が春蘭にはいまいちわからない。

しかし彼は自分の考えに確固たる自信があるらしく、今すぐに着てみろと迫る。

『試着した結果、どうしても不快だと言うのならやめればいい』

「わかった……。でも、恥ずかしいからまずは一人で着てみてもいい？」

『もちろんだ。さすがの私もあやつの恋人の着替えを見るほど野暮ではない』

九児は入ってきた窓をひょいと飛び越える。

『あとそうだ、それを着るときは肌着をつけてはだめだぞ！』

「す、透けてしまうのに？」

『透けるのが男の浪漫《ろまん》――ではなく、肌着が見えるとみっともないからだ』

「ろまん？」

『では、私はやることがあるのでこれで！』

念押しすると、九児の姿がふわりと消える。

（九児って、嵐みたいな子ね……）

現れるときは突然だし、去るときもまた慌ただしい。

こちらの事情や気持ちを考えず、最後まで勝手な振る舞いをして去っていくのが九児なのだ。

だがそこがまた、なんともいえず憎めない。

春蘭のために動いてくれているのは事実だし、そういうところには感謝している。

（とはいえ、これを私が着るのは……）

一人きりになると、春蘭は改めて衣を広げてみた。

薄くはあるものの、よく見ると袖や裾には刺繍も施されている。

その細かさは、確かに人の手では作り出せないものだ。

（いやでも、重ねて着れば確かに透けないかも……）

ただ何枚着れば肌が見えずにすむのかわからないため、確かに一度試着をしてみたほうがいいかもしれない。

（でも本当に、これを着たら月華様との距離が縮まるのかしら……？）

もし事実なら頑張ってみようという気持ちがないわけでない。

恥ずかしくても、我慢することで月華と仲良くなれるなら、どんなことでもしたいとは思うのだ。

（とにかく試着、試着してみましょう！）

何事もやってみなければわからない。

春蘭は纏っていた衣を脱ぎ、渡された衣を身につける。やはり一枚では薄すぎるので何枚かを重ね、肌が隠れる程度の厚着をした。

それでも普通の衣よりずっと涼しくて、暑がりの春蘭は思わず頬を緩めた。

「確かに、夏に着るにはちょうどいいかも」

布地の薄さを除けば、軽いし何より薄紅色の色合いは大変愛らしい。

若草色の上衣を重ねて、春蘭は鏡の前に立ってみる。

改めて装いを見ると、普通の衣と雰囲気はあまり変わらない。

いっそ普段着にしようかとさえ考えていると、突然部屋の扉がノックされる。

雹華や九児はノックもなく入ってくるため誰だろうと考えていると、見覚えのある影が扉の飾り窓の障子に浮かび上がった。

「春蘭、迎えに来たぞ」

それは月華の声で、春蘭は思わず息を呑む。

(あれ、私……何か約束をしていたかしら?)

朝食を取ったあと、月華は執務があると言って部屋を出て行った。故に今日は特段会う用事はなかったはずだが、黙ったまま悩んでいると月華が不安そうな声で春蘭の名を呼ぶ。

「もしや、寝てしまったか?」

「お、起きております！　すみません、今着替えをしていて！」

着替えという言葉に、障子越しに見える影が戸惑うように揺れる。

「すまない、忙しいならあとにしよう」

「いえ、すぐ出ます！」

今にも帰ってしまいそうな雰囲気に、春蘭は慌てて部屋を飛び出す。

勢いあまって月華にぶつかりそうになると、よろけた春蘭を逞しい腕が支える。

「慌てると、また転ぶぞ」

「すみません、つい……」

「いや、俺こそ慌てさせてすまなかった」

ねぎらうようにそっと肩を撫でられる。

（……ッ、あれ……）

月華に触れられることはあったけれど、なんだか今日はいつもより彼のぬくもりが伝わってくる。直に触れられたような錯覚さえ覚え、春蘭はドキッとしてしまう。

（これも、薄い衣のせい？）

重ね着はしているのにと慌てていると、月華がわずかに首をかしげる。

「顔が赤いが、大丈夫か？」

「だ、大丈夫です！」

「ならいいが、もし体調が優れないなら釣りは後日にしよう」

「えっ、釣り……？」

思わず聞き返すと、月華が怪訝《けげん》そうな顔をする。

春蘭は、彼の足下に置かれた釣り竿《ざお》に気がついた。

「そなたが行きたがっていると、侍女から聞いたのだが……」

その言葉で、月華がわざわざ訪ねてきてくれた理由を悟る。

「その顔を見るに、どうやら俺は雹華あたりにだまされたようだな」

雹華ではなく今回は九児の仕業《しわざ》かもしれないと思うが、それを伝えるより早く、月華が踵《きびす》を返す。

その横顔はどこか寂しそうで、釣り竿を取り上げる手つきにも元気がない。

それが見ていられれず、春蘭は思わず飛びついた。

「い、行きたいです！　連れていってくださるなら、ぜひ！」

「だが、釣りなんて興味がないだろう」

「そんなことはありません。私も好きですし、いつかご一緒したいと思っていました」

むしろ自分から誘えばよかったと思いながら、釣り竿や荷物を急いで抱え上げる。

「さあ、まいりましょう！　すぐにまいりましょう！」

荷物のせいでよたよたしつつも、月華の気が変わらぬうちにと歩き出す。するとすぐさま、月華の腕が伸びてくる。

「わかったから釣り竿を渡しなさい。足を引っかけて転びそうだ」

観念したと言いたげな顔で、月華は釣り竿を奪う。

「行くぞ」

「はいっ！」

春蘭の元気すぎる返事に、月華が苦笑を浮かべた。

少し困ったようなその笑顔が春蘭は好きで、ついじっと見入ってしまう。

途端に月華は顔を背け、慌てて歩き出す。

「そなたは、人の顔を見すぎだとよく言われないか？」

「普段はあまり人の顔は見ないので、言われたことはないです」

「そうなのか？」

「あまり見すぎると、自分のことを好きなのかと勘違いする方が多いので」

「確かに、その目で見つめられたら男は勘違いするな」

だから基本的に、春蘭は人とあまり目を合わせない。そうしなければ、あらぬ誤解を生んでしまうのだ。

「でも月華様にその心配はないので」

「そ、そうだな……」

「だから、これからもじっと見てもいいですか？」

「かまわないが、こんな顔を見たところでいいことなどないぞ」

「ありますよ！　月華様のお顔、私はとっても好きです」

「す、好きとか……そういうことも、軽率に言わないほうがいい……」

春蘭の言葉に、月華がわかりやすく挙動不審になる。

「でも本当に好きなので」

「わ、わかったから」

赤くなった顔を隠すように、月華がうつむく。でも真っ赤になった耳はバッチリ見えていて、照れているのは一目瞭然《いちもくりょうぜん》だ。

（こういうところ、可愛らしいのよね）

月華が照れる姿を見ていると、いつも胸がキュンとうずく。だからつい、困らせるとわかっているのに、自分の気持ちを伝えずにいられなくなるのだ。

照れる顔だけでなく、凜々しい顔も、春蘭の反応に困惑するところも、彼の表情は何一つ見逃したくないと思う。

（けどこれ以上は、さすがに困らせてしまうわよね）

だからそっと視線を外し、春蘭は黙って月華のあとに続いた。

◇◇◇　◇◇◇

水仙宮の裏手、美しく広がる竹林《ちくりん》の奥に月狐洞《げっこどう》と呼ばれる洞窟がある。昔から狐の幽鬼が多く住まう場所らしく、それ故洞窟の名前にも狐という文字が入っているらしい。

ここが月華お気に入りの釣り場らしかった。

「足下が滑るから、気をつけろ」

自然と伸ばされた手を、春蘭はぎゅっと握る。

普段は触れ合いをためらうことが多い月華だが、今日は自然と手を握り返してくれる。

基本的に、彼は親切なのだ。

無意識に相手を気遣い、ためらいもなく春蘭を支えてくれる。

むしろ意識してしまうと手を放されてしまうので、月華が自分のしたことに気づかないようにと願いながら、春蘭は彼に続いた。

手を繋ぎながら薄暗い岩場を進むと、青白い狐火がいくつも漂う洞窟が見えてくる。

「少し不気味だが、あの奥に美しい泉がある」

「不気味どころか、とても綺麗だと思います」

青い狐火に照らされた洞窟は幻想的で、狐の幽鬼たちが無邪気に駆け回っているため、恐ろしいとは思わない。

それは洞窟の内部も同じで、狐火の数が多いぶん外よりも中のほうが明るい。

奥には美しい泉があり、木造の足場が造られ椅子が置かれている。

ここで頻繁《ひんぱん》に釣りをする月華のために、王宮の者がこしらえてくれた専用の釣り場らしい。

「ここに座るといい」

椅子を二つ並べ、その片方に春蘭は腰を下ろす。

そのまま泉を覗き込むと、透き通った水の底を泳ぐ魚の影が見える。

「魚、結構たくさんいますね」

「ここは、魚の幽鬼が集まるのだ」

「魚の幽鬼、初めて見ました」

「死んでもなお水場を離れぬ故、人はあまり見る機会がないかもしれないな」

春蘭の隣に座し、月華が彼女に竿を渡す。

「餌《えさ》は何を？」

「小魚の形の疑似餌《ぎじえ》だ。死んでいるため、逆に生きている餌には食いつかない」

あとは普通の釣りと同じ要領だと聞き、春蘭はさっそく竿を振って餌を投げ入れる。

竿は美しくしなり、疑似餌は泉の中央付近にポチャンと落ちる。

途端に、月華が大きく目を見張る。

「上手いな」

「実を言うと、私も釣りは好きなんです」

といっても、川や湖には行けないためもっぱら釣り糸を垂らしていたのは裏庭にあった小さな池だったが。

「鯉《こい》しかいない池で、私の顔を覚えてしまったのか全然釣れなくて」

でもぼんやり釣り糸を垂らすのが好きだったと話すと、月華もまた竿をしならせ疑似餌を投げ込む。

「ここの魚もなかなか釣れないから、ぼんやりするのは同じかもしれないな」

「でも、それが釣りの醍醐《だいご》味《み》ですよね」

「うむ」

頷く月華の横顔を見ながら、春蘭は彼と一緒に釣りができる喜びをかみしめる。

言葉は途切れたが、不思議とそれが心地いい。

ただ隣り合って座っているだけなのに心は幸せで、春蘭はこの時間がいつまでも続けばいいと思わずにはいられなかった。

(今日だけじゃなくて、これからもこうしてお側にいたい)

本当の夫婦になれたら、彼は自分の意志で釣りに誘ってくれるだろうかと期待しかけたところで、春蘭はふと我に返る。

ここ数日で距離はだいぶ縮まってきたが、いつも距離を詰めるのは春蘭のほうからだ。

無意識の親切を別にすれば、月華のほうから彼女に近づいてくれることは一度もない。

今だって隣り合って座っているが、二人の間には少し距離がある。

膝が触れ合うほど近くに、自然と腰を下ろしてくれる日が来てほしいとは思うが、その日はきっとまだ先だろう。

(でも、いつか絶対この距離を詰めたい……)

春蘭は思わず釣り竿をぎゅっと握りしめる。心の中でそんな日が来るようにと強く念じていると、不意に月華の口から笑い声がこぼれた。

「そんな鬼気迫る顔をしていては、逆に魚に逃げられてしまうぞ」

「こ、これは別に、そういうつもりでは……!」

とはいえ本当の願いを言えば、月華に気まずい思いをさせてしまうだろう。

いつになく穏やかな空気を壊すことも嫌で、春蘭は言えない本音を飲み込む。

「いや、そういうつもりかもしれません……」

「どっちだ」

「釣りたい魚がいるので、祈っていたというか」

「そなたは、釣りが本当に好きなんだな」

言いながら、月華がどこかほっとしたような顔をする。

「まさか、そなたのような釣り仲間ができるとはな」

「他に、一緒に釣りをする友人はいらっしゃらなかったのですか?」

「そもそも俺は友人が少ない」

言いながら、月華は気まずそうに頬をかく。

「でも、宗越様とはご友人なのですよね？」

「生きている人間ではあいつが唯一の友人と言えるだろう」

「他には誰も？」

「いない」

断言する月華に、春蘭は彼が大の人間嫌いであったことを思い出す。

（でもそういえば、なぜ月華様は人間がお嫌いなのかしら）

疑問を覚える一方、その理由について尋ねていいのかどうかがわからない。

雹華の文にも何も書かれていなかったことを思うと、軽率に触れてはいけない気もするのだ。

だから春蘭は気になりつつも、あえて質問はしなかった。

「なら、私が二人目ですね」

代わりに、春蘭はそう言って月華に微笑みかける。

「宗越様は皇帝ですし、実質私が月華様の隣を独占できると思うと嬉しいです」

「私の隣など、独占しても何もいいことはないぞ」

「ありますよ。こうして二人っきりになれるってことですし」

「二人っきり……」

今更それを自覚したのか、月華が居心地悪そうにもぞもぞと身体を動かす。

「そんな、嫌そうな顔をしないでください」

「べ、別に嫌ではない」

「でも私との距離を、ちょっと開けましたよね」

「そ、そういうわけでは」

「でも小指一本分遠ざかりました」

すねた気持ちで、春蘭は二人の隙間を見つめる。

「むしろ詰めてほしかったのに」

「そなたは、時々距離感がおかしい」

「夫婦はくっつくものだと教わりました」

「まだ、夫婦ではない」

「まだということは、いずれ夫婦にしてくれるのですか!?」

思わず顔を輝かせると、月華が「しまった」と言いたげな顔をする。

「言葉のあやだ、忘れろ」

「月華様の本音がこぼれたのでは？」

「……そんなものではない」

断言され、春蘭は思わずうなだれる。

（そんなにはっきり否定しなくてもいいのに……）

ちらりと月華を窺ってみるが、彼はすっと顔を背けてしまう。

そのまま、じぃーっと見つめ続けるが、月華は頑なに春蘭のほうを見なかった。

「じゃあひとまず、釣り友達でいいです」

これ以上距離が開くよりはと、渋々自分を納得させる。

月華から視線をそらし、春蘭はため息をこぼしながら釣り竿の先へと目を向ける。

魚も釣れる気配はなく、更に落胆が重なった。じっと座っていたせいか身体まで冷え始め、春蘭はこっそりため息をこぼす。

（本当に、ままならないわね……）

その上、狐霊たちが無邪気に寄ってくる。

勝手に膝に乗ってくる狐たちは愛らしく、毛並みの撫で心地はいいのだが、幽鬼に触れるとどうしても身体が冷えてしまう。

服を着替えてくればよかったと思いつつ、春蘭はわずかに震え始めた腕を撫でる。

「寒いのか？」

不意に尋ねられ、春蘭は言葉に詰まる。

寒い、と言えばこの時間が終わってしまうような気がしたのだ。

「だ、大丈夫です」

「大丈夫という声が既に震えているぞ」

春蘭は思わずくしゃみをしてしまう。

途端に月華に呆れ顔をされ、春蘭は気まずさからうつむく。

「……まだ、帰りませんから」

「そなたは、時々子供のようなことを言うな」

「我が儘《わがまま》を言っている自覚はあります。でも、まだ月華様と一緒にいたいです」

帰らないと訴えるために釣り竿をぎゅっと握りしめていると、月華の大きなため息がこぼれる。

「……そなたは、いつも俺を困らせる」

「もしかして、怒っていますか？」

「怒ってはいないが、ただ困っている」

そう言うと、月華が不意に腕を伸ばしてくる。

「誤解するなよ。こうするのは夫婦だからではなく、そなたを温めるためだ」

そのまま肩をぐっと引き寄せられ、春蘭は月華の胸に倒れ込んだ。

「……ッ……！」

月華の胸に腕と肩が触れた瞬間、彼のぬくもりがありありと伝わってきて春蘭は小さく息を呑む。

衣が薄いせいかとも思ったが、耳元を月華の髪がかすめただけで肌がぞくりと粟立つ。

（わ、私……意識しすぎなのかしら……）

戸惑っていると、月華が不意に側に置かれた大きな蝋燭《ろうそく》に手をかざした。

「火を入れるから、少し待て」

不思議なことに、軽く手を動かしただけで蝋燭に火が灯《とも》る。同様に、周囲にある蝋燭に三つほど火をつけると、周囲が優しい光と温かさに包まれた。

おかげで身体の震えは収まったものの、月華と触れ合っているせいで妙にそわそわする。

そんな自分を落ちつかせたくて、春蘭は無理やり意識を蝋燭へと向けた。

「こ、この蝋燭、なんだか不思議ですね」

「私が作った特別な蝋燭だ。普通の蝋燭より長く持ち、暖を取ることもできる」

ただ普通の蝋燭より温かい程度だがと月華が言うとおり、冷え切った身体を完全に温めるにはまだ少し足りない。

もっと月華にくっつけば温かいかもと思いかけて、春蘭は慌てて考えを振り払う。

普段なら遠慮なくくっつくところだが、今日は自分から身を寄せることにためらいを感じる。妙に神経が過敏になっているし、なんだか月華のことを必要以上に意識してしまうのだ。

さっきはあんなにくっついてほしかったのにと戸惑っていると、月華が春蘭の身体をより強く抱きしめた。

「春蘭、まだ寒いのか？」

どうやら身体を硬くしている春蘭を見て、彼は凍えているのだと勘違いしたらしい。

「……ッ、あ……」

大丈夫だと言いたいのに、月華に背中を撫でられたせいで妙な声がこぼれてしまう。

慌てて口を押さえたので月華には届かなかったようだが、なんとも甘ったるい声に春蘭自身が戸惑わずにいられなかった。

「すまない、もっと着込んでくるように先に言えばよかったな」

「……い、いえ……私も考えが及ばなくて……」

「温まるまで、俺の腕の中にいるといい」

そう言って、月華は春蘭を温めてくれる。

（ふ、普段ならとっても嬉しいのに……！）

むしろ自分からぎゅっと抱きつきにいくところだが、なぜだか耳元に吐息がかかるだけで悲鳴を上げたくなる。

「少しは楽になったか？」

「は、はい……」

頷いたものの、身体はより強ばっていく。

「本当か？」

「は、はい」

「身体は強ばっているし、とても震えているぞ」

それは緊張のせいだと言いたかったが、妙な声がこぼれてしまいそうで下手に口を開くこともできない。

「無理はしなくていい」

身体を温めるように肩や背中を撫でられ、春蘭は心の中で悲鳴を上げる。

服を着ているのに、まるで肌の上を直接なぞられたかのような感触を覚えたのだ。

決して、いやらしい触り方ではないのに、春蘭の脳裏に先ほど見た本の挿絵が浮かぶ。

（あ、あれ……）

その上なぜか意識がぼんやりし、淫猥《いんわい》な感情が意識を侵食《しんしょく》し始めた。

あの絵のように自分もまた月華に触れたいという気持ちが突然わき上がり、同じように彼にもっと激しく愛撫《あいぶ》されたいという願いが芽生えてしまう。

（何か、おかしい気がする……）

気がつけば、あれほど凍えていた身体がだんだんと熱を持ち始めている。

はぁはぁと息が荒れ始めたところでようやく異変に気づき、脳裏を支配していた淫《みだ》らな願望が退《しりぞ》いた。

だがその途端、不意に胸のあたりがズキリと痛む。

「……あッ、く……」

痛みと共に、先ほど以上の熱が全身に広がっていく。

月華に触れたいという熱が高まり、気がつけば彼を物欲しげに見上げていた。

「……春蘭、どうした？」

戸惑う月華を見て、春蘭はとっさに彼の身体を突き飛ばした。そうしなければ彼にひどいことをしてしまうような気がしたのだ。

「……あっ！」

勢いがよすぎたせいで体勢が崩れ、春蘭の身体は泉へと落ちていく。

「春蘭！」

月華がとっさに腕を伸ばしたのが見えたが、それを摑むまもなく水に飲まれる。

薄い衣とはいえ水を吸えば重くなり、身体はどんどん底へと沈んでいく。

泉は思いのほか深く、足もつかない。泳ぎは得意だったものの、胸の痛みがぶり返したために、手足が上手く動かなかった。

このまま溺《おぼ》れてしまうかもしれないと恐怖に囚《とら》われていると、何かが春蘭の手首を摑む。

（――月華様……？）

自分を抱き寄せたのが彼だと気づくと同時に、身体が水面まですくい上げられる。

月華は力強い泳ぎで水面まで上がり、ぐったりした春蘭を泉の縁《ふち》に押し上げた。

「……ッ、けほっ、ごほっ」

咳き込みながら息を整えていると、月華が春蘭の背中を撫でてくれる。

優しい手つきのおかげでようやく生きた心地を取り戻したものの、泉から上がると今度は身体が凍え出す。激しく震える春蘭に気づいたのか、月華が彼女の身体を抱き上げた。

「部屋に戻るぞ」

このときばかりは戻りたくないとは言えず、春蘭は月華の首に腕を回した。

「……ご、めんなさい……」

震える声で謝罪すると、より強く身体を抱きしめられる。

「詫びる必要はない」

彼はいつになく優しい笑みを向けてくれる。

思わず見惚れているうちに、月華はすばやく踵を返す。急ぎ足で水仙宮に戻ると、侍女たちと雹華が何やら楽しげにおしゃべりをしていた。

「すぐに湯の用意をしてくれ。あと拭くものをここに」

月華の言葉に、侍女たちが即座に準備を始めた。

『ちょっと、何があったの？』

「……うっかり、泉に落ちちゃって」

側に寄ってきた雹華に苦笑を向けると、呆れ顔を返される。

『水に落ちるのは兄様のお家芸だと思ってたのに』

「そんなにしょっちゅうは落ちていない」

『いや、しょっちゅう落ちてたわよ。兄様はいつも、うかつで――』

不意に、雹華の言葉が途切れる。

彼女の表情が呆れ顔から驚愕に変わったことに春蘭と月華が首をかしげていると、雹華がばっと二人から距離を取った。

『そうか、これがおじいさまの言っていた作戦か……』

雹華は突然訳の分からない言葉をこぼすと、部屋に駆け込んできた侍女たちの前に立ちはだかった。

『みんな、ここは兄様に任せましょう!』

侍女たちの持ってきた着替えや布だけを月華に押しつけ、雹華は侍女たちを連れて出て行ってしまう。突然のことに春蘭が唖然としていると、月華が抱きかかえていた春蘭を寝台の側に下ろした。

「あいつは、いったいなんなんだ……」

「雹華って、時々不思議な行動に出ますよね」

「ああ、我が妹ながら理解に苦しむ」

しみじみと言って、月華は手にしていた布を春蘭に手渡そうとした瞬間、彼の顔がぐっと強はった。

「月華様？」

布を差し出す格好で動きを止めた彼に、春蘭は声をかける。

返事はなく、月華は完全に硬直していた。

（……い、いったい何事かしら？）

今は別に、彼を緊張させせたり困らせせたりしてはいないはずなのにと悩みつつ、春蘭はなにげなく自分の身体を見た。

「ッ――――!!」

次の瞬間、雹華たちと月華の行動の理由が、ようやくわかる。

（す、透けてる……!?）

軽い薄紅色の衣に重ね着をしてかろうじて見えなかった肌が、水に濡れたことでまる見えになっているのだ。濡れて肌に張りついているせいで、薄紅色の胸の先端までくっきりと見えてしまっている始末である。

慌てて手で胸を隠すが、見えているところはそこだけではない。

「す、すまない……」

ようやく我に返った月華が、目を閉じながらぐっと顔をそらす。

震える手で差し出された布を受け取るが、この大きさでは身体を隠すことはできそうもない。

さすがにこのままでは恥ずかしすぎると思い、春蘭は背後の寝台に飛び込み、掛け布団の中に頭から隠れる。

布団が濡れてしまうが、このままでいるよりはましだった。

「お、お見苦しいものを……」

布団から顔だけ出し、春蘭は深々とうなだれる。

「い、いや、見苦しくはない、むしろ綺麗すぎて目が離せなかった、と言うか……」

慌てていたのか、月華はいつにも増してしどろもどろだった。

「むしろ凝視してしまい、申し訳ない」

「いえ、こちらこそ……全然気づかなくて……くしゅっ」

改めて詫びようと思ったのに、冷えからくるくしゃみで言葉が途切れる。

「すまない、すぐに着替えたほうがいいな」

「そ、そうですね……」

春蘭のほうをなるべく見ないようにしつつ、月華がおずおずと侍女から受け取った服を差し出してくる。

それを受け取ろうと春蘭も手を伸ばすと、二人の指先がわずかに触れ合った。

「……ッ、あ……ッ」

たったそれだけなのに、まるで雷にでも打たれたかのように、身体に甘い衝撃が走る。

「……くッ、な、んだ……」

不思議な異変が起きたのは春蘭だけではないようで、月華が弾かれたように手を上げた。

春蘭は胸元に熱を感じ、いったい何が起きたのかと混乱していると、不意に鼻先を甘い花の香りがくすぐった。

妖《あや》しくも艶やかな香りを吸い込むと、なぜだか身体から力が抜けていく。

ガクッと身体が前のめりになった春蘭を支えようと、慌てて腕を伸ばしてくれた月華に縋りつくかたちとなってしまう。途端に、まるで火にあぶられたように胸が熱くなる。

「……ッ、痛っ……」

胸から広がる熱はすぐさま痛みに変わり、春蘭は小さくうめいた。

「どうした、どこか痛むのか？」

「胸が、少し……」

「池に落ちたとき、怪我《けが》したのか？」

わからないと答えようとしたが、その言葉の代わりに苦悶《くもん》の声がこぼれる。

すると月華は春蘭を抱き直し、毛布を軽く払った。

「念のため、確認するぞ」

月華に肌を晒すのは恥ずかしかったが、真剣な面立ちにやましい表情はなく、春蘭は彼に身を任せることにした。

　必要以上に肌を見ないようにと、月華は毛布をほんの少しだけずらす。

「どうやら、痣《あざ》になっているようだ」

「痣……ですか？」

「強く打ったようだが、心当たりは？」

「いえ、水に落ちたあとはすぐに引き上げていただいたので……」

　水に落ちたのも、痛む胸とは反対の肩からだった。

「……思えば水に落ちる前から胸が変だったかも……」

「出かける前に、何かにぶつけたか？」

　首を横に振ると、月華が怪訝そうな顔で痣がある場所に触れる。

「……あっ、ッぅ……」

　触れられた瞬間、胸元の痛みが激しさを増し、甘い香りが再び鼻腔《びくう》をくすぐった。先ほどとは比べものにならないくらいに強く、なんだか頭までぼうっとしてくる。

「……なんだ、この甘い香りは……」

　春蘭同様、香りのせいで月華も身体から力が抜けたのか、春蘭に覆いかぶさるように崩れ落ちてしまう。月華はとっさに腕をついたものの、二人の身体は重なった状態で寝台へと倒れ込んだ。

その途端に甘い香りが強まり、今度は胸だけではなく、全身へと熱が広がっていくことに春蘭は戸惑う。ずくんと腰の奥がうずき、まるでもよおしたように、下腹部が濡れていくのを感じた。

身体の変化に呼応するように、甘い香りが強さを増していく。

「……春蘭……」

香りに思考が乱されているのは春蘭だけではないらしく、月華がぼんやりとした声で彼女の名を呼ぶ。

ただそれだけなのに胸が切なくなり、春蘭は思わず月華の頬に手を伸ばした。

濡れたままの月華の肌は、冷えていると思いきや熱を持っていた。彼の瞳も、熱に浮かされたように潤《うる》み、どこかぼんやりとしている。

頬を撫でていると、その手を月華が握りしめる。彼らしくないためらいのなさに驚いていると、彼は春蘭の小さな手を自分の口元へと運んだ。

「……あっ、……ッ」

指先に唇を押し当てられ、ちゅっと優しく吸い上げられる。途端に身体のうずきが大きくなり、春蘭は思わず甘い声を上げてしまった。

それどころか彼は、戸惑いに揺れる春蘭の指先をそっと口に食《は》む。

「ッ、ん……」

そのまま強く吸われると、春蘭の口から再び声がこぼれた。

何かがおかしい、月華がこんなことをするわけがないと思うのに、手を引き戻すことができない。それどころかもっと口づけてほしい気持ちになり、春蘭はねだるように月華を見つめた。

視線がからみ、月華の目がわずかに細まる。

普段ならすぐに顔をそらされるところだが、今日の彼はまるで別人だ。

「ああ、そなたは本当に綺麗だ……」

春蘭の指から唇を離し、うっとりと囁く月華にはぞくりとするほどの色香が満ちている。

気がつけば香りだけでなく彼の色気に酔わされ、春蘭の脳裏に今まで浮かんだことのないはしたない欲望が浮かび始めた。

(月華様に触れられたい……、この人が……〝この男〟が欲しい……)

気がつけば春蘭もまたその顔に色気をたたえ、誘うように身をよじる。

すると月華が更に身体を倒し、春蘭の唇に荒々しく食らいついた。

「ん、っ……ンぅ……」

生まれて初めての口づけはあまりに激しくて、春蘭はついていくのがやっとだった。

呼吸もままならず、息苦しさから声がこぼれるが、それもまたどこか甘い。

口づけを重ねながら、月華が彼女の身体から毛布を剝ぎ取った。

先ほどの気遣いが嘘のような乱暴さで、濡れた乳房に指を食い込ませる。何枚も重ね着をしているはずなのに、まるで直接触れられているような感覚を覚える。濡れた衣が肌にピタリと張りついていたから、そのせいかもしれない。月華は乳房をもみしだき、つんと立ち上がった乳首を指でこねる。そうされると身体が甘く震え、春蘭の腰が大きく揺れた。

「あッ……、胸は……だめ……」

唇がわずかに離れた合間に拒絶の言葉を吐くも、甘い声はむしろもっととねだっているように聞こえる。

実際、心の中ではもっと触れられたい、乱暴にされたいという気持ちが大きかった。なぜそんなことを思うのか、春蘭自身にもわからない。けれど胸をもみしだかれるたびに甘い香りがどんどん強くなり、冷静な判断ができなくなってしまう。

一方月華も、熱に浮かされたような顔で春蘭を見つめ続けている。

お互いの身に何かが起きたのだとわかったが、その理由を探そうという気が起きない。むしろこの異常な興奮に飲まれ、月華の腕の中で新しい自分に生まれ変わりたいという思いが芽生える。

（……変わりたい……、この男の手で……淫《みだ》らに咲き誇りたい……）

自分らしくない考えが浮かんだ瞬間、月華の手が春蘭を引き起こす。そして果実の皮を剥くように春蘭から衣を剥いだ。

　上半身があらわになり、つんと立ち上がった乳房が誘うように揺れる。

　目を閉じ、荒く息を吐きながら、春蘭は月華の激しい愛撫と口づけを待つ。

「あ、……ん、そこ、ンッ……」

　月華が春蘭の首筋に食らいつき、激しく口づける。強く吸われると痛いほどだったが、それさえも今は心地がいい。むしろもっととねだるように月華の頭を抱き寄せると、望みを察した彼がより強く肌を吸い上げた。

　そのたびに赤い淫らな華が肌に咲き、それは首から胸元へと降りる。

「……ああッ、そこ……だめ……！」

　ひときわ大きな声が出たのは、先ほどから熱を放ち続ける場所に口づけられたときのことだった。

　痣になっているというその場所を強く吸い上げられると、感じたことのない愉悦《ゆえつ》が身体の奥から広がっていく。

　それが絶頂の兆《きざ》しだと知らぬ春蘭は、目から涙をこぼしながらその身を震わせた。

　月華の口づけはやまず、同時に乳房と臀部《でんぶ》にぐっと指が食い込む。

「あ、ああ、……くる……きちゃう……」

　そのまま激しくもみしだかれると愉悦は大きくなり、津波のように彼女を襲う。

「ん、ああ――――ッ！」

もはや逃れる方法はなく、彼女は月華の愛撫によって初めて快楽を覚え、果てた。

ビクビクと身体を震わせ、背をしならせながら天を仰ぐ。

閉じていた目を開いたが、激しい快楽に染められた視界には何も映らず、ただただ目の前が真っ白になる。

右も左もわからなくなり、春蘭の身体から次第に力が抜けていく。糸が切れたような身体は法悦《ほうえつ》の名残を受けて時々ビクッと跳ね、そのたびに甘い声が喉からこぼれる。

その姿は絶頂を迎えた前よりも色香を増し、甘い香りもまたより強くなった。

「……そなたは……、この華は……俺のものだ……」

不意に月華が耳元で囁く。

初めての絶頂によって蕩《とろ》けた思考は、彼の言葉を上手く捉えられない。

猛烈な眠気が襲ってきて、春蘭の意識は遠ざかる。

「……春、蘭……」

それは月華も同じようで、二人は抱き合ったまま寝台に倒れた。

どちらともなく意識を手放し、二人は深い眠りへと誘われたのだった。

第三章

　はっと目を開けると、春蘭はたった一人、見たことのない場所に立っていた。

　目に見えるのは、どこまでも広がる不気味な赤い華だけ。まるで墨《すみ》を垂らしたように、他のものはすべて真っ黒に塗りつぶされている。

　欠片の光もない場所なのに、足下に咲く赤い華だけが見えるのが、逆に不気味だった。

　華は血に濡れたかのように赤く、見渡す限りどこまでも広がっている。

（なんだか、ここにいたくない……）

　そう思うのに、足は縫いつけられたように動かない。それでも救いを求めてもう一度辺りを見回したとき、不意に誰かが春蘭の側を横切った。

　辺りが暗いため、それが誰かはわからない。だがなぜか、それが月華だと春蘭にはわかった。

――――月華様！

呼びかけたはずなのに声は出ず、腕を伸ばしたのに彼の腕を掴むことはできない。

その間にも月華は春蘭から遠ざかり赤い華の中を進んでいく。行かせてはいけないと思うのに、春蘭はまだその場から動けない。

それでも諦《あきら》めきれず、春蘭は必死に腕を伸ばす。

――いかないで、そっちに行ってはだめ!!

声にならない呼びかけを強く発した直後、どこまでも広がる真っ黒な空に光が差した。

「――――月華様ッ！」

ようやく声が出たと思った直後、春蘭を取り巻いていた世界が様変わりする。

そこは見慣れた春蘭の部屋で、窓からは暖かな日の光が差し込んでいた。

(よかった、夢だったんだ……)

光を見つめていると不安や恐怖も薄れ、夢の内容さえ曖昧になっていく。穏やかな気持ちは再び睡魔《すいま》を呼び寄せ、春蘭は目を細めながら寝返りを打つ。

「ッ……!?」

春蘭は思わず息を呑む。

(月華……様……!?)

春蘭の目と鼻の先にあったのは、月華の顔だった。

彼もまた、春蘭を見つめたまま固まっている。

もしかしたら春蘭の叫び声で、起きたのかもしれない。

(そうだ、私たちこの寝台で……)

池に落ちたあとの記憶が蘇《よみがえ》ってきて、春蘭は顔を真っ赤に染める。

次の瞬間月華が跳ね起き、側にあった毛布でぎゅっと春蘭を包み込んだ。

「すまない、俺はなんてことを……」

そのまま深々と頭を下げる月華に、春蘭もまた慌てて身体を起こす。

「い、いえ！　昨日はあの、私もどうかしていたというか……！」

本当に、自分でもどうしてあんなことをしでかしたのかと思っていると、月華がそっと春蘭の手を握る。

「……どこか、痛む場所はないだろうか？」

「い、今は大丈夫です」

「実を言うと、この部屋に入ってからの記憶が曖昧なのだ。俺はその……」

言いよどむ月華の表情がみるみる強ばっていく。

この様子では、自分が春蘭に無体を働いたと思っているのだろう。

「ご、ご安心ください！　未遂ですから!!」

「み、未遂……？」

「その、なんだか怪しい雰囲気になってしまいましたが、最後まではしていないので！」

『えっ、してないの!?』

二人とは別の声が会話に割り込み、春蘭と月華はぎょっとする。

そのまま恐る恐る入り口のほうを見れば、そこにいるのは雹華と見たことのない男だった。男のほうは女性と見紛《みまが》う美貌の持ち主で、どこか月華に雰囲気が似ている。

「狼太公《たいこう》、ここは女性の寝室です！」

『そういうお前は寝台にまで上がっているではないか』

男の声に、月華がものすごい勢いで寝台から降りる。

そんなやりとりの横で、雹華がふわふわと漂いながら春蘭の側までやってきた。

『ねえ、本当に未遂なの？　二人で一緒に寝てたのに？』

「も、もしかして寝てるところを見てたの!?」

『少し前にこっそり様子を見に来たの。そうしたら二人がくっついて寝てるから、てっきりそういうことかと』

二人とも服もはだけていたしと言われ、先ほど毛布をかけられた意味に今更気づく。

（そういえば昨日、肌を晒してしまった気がする……）

それを整える前に眠ってしまったことを思い出し、羞恥《しゅうち》は増していくばかりだ。

「そもそも、昨日は何かがおかしかったのよ。ああいうことは、するつもりじゃなかったのに……」

『あんな服を着ていたのに？』

「あれは、九児に着せられて……！」

「待て、九児だと？」

月華の声が強ばる。

どことなく怒りを含んだ声に驚いていると、月華は美しい男へと近づいた。

「これすべて、狼太公の策略ですか？」

『はて、なんのことやら』

月華の言葉に、美しい男はとぼけているとしか思えない反応を返す。

春蘭はそのやりとりを見ながら、そもそも彼は誰なのだと頭を悩ませる。

（太公って、確か自分より年上の親戚に使う敬称よね？）

春蘭にはなじみのない敬称だったが、確か大陸の国の中には曾祖父のことを『太公』と呼ぶ国があった。

（でも、この人が曾祖父……？　こんなに綺麗で若々しいのに？）

思わず男を見つめていると、彼の笑みが深くなった。

『そういえば自己紹介がまだだったな。私の名は九狼、月華の曾祖父にして幽鬼だ』

相手が想像通りの人物だとわかり、春蘭は慌てて九狼の前に移動する。

「は、初めまし――」

『そんなにかしこまらなくてもよい。それに、初めまして……ではないからな』

春蘭の言葉を遮り、九狼がいたずらを思いついた子供のような顔をする。

その表情に既視感を覚えていると、月華が呆れ果てた顔でため息をついた。

「そなたは、狼太公に何度か会っている。そのときの姿はもっと小さかったが」

「小さい？」

「これくらいの、子供に会っただろう」

月華が身長の高さを手で示したところで、春蘭ははっと気がついた。

「まさか……九児？」

『ようやく気づいたか！』

「で、でも……あんなに小さくて……」

「狼太公は特殊な幽鬼でな。姿を自在に変えられるのだ」

『そして悪用しているの』

雹華がしれっとつけ加えると、九狼はすねたような顔をする。

『悪用とは人聞きが悪い。ただ、子供の姿でちやほやされたいだけだ』

『その姿で春蘭にもいたずらしたじゃない。あんな衣を着せて！』

『そもそも、あれはお前が用意したものだろう！』

『あれは、もっと仲良くなってから着せるつもりだったの！　結婚したあとの、夫婦生活の彩《いろど》りとして使ってもらうはずだったんだから』

　などと言い争いを始める二人の勢いに、春蘭は思わず戦く。

　その一方で同じ剣幕《けんまく》でまくし立てる姿を見ていると、確かに血縁関係のようだと納得する。二人のやりとりに月華は慣れているのか、彼は言い争う二人の間に割り入った。

「二人が元凶なのはわかった。……特に、狼太公は反省してください」

『なぜ私が』

「俺たちに術までかけるなんて、どうかしています」

『……術？』

「春蘭の胸の印《しるし》、あれは仙術の一種でしょう？　あれのせいで俺も春蘭も、昨晩は心を乱されたんです」

　月華の言葉に、春蘭は思わず胸を押さえる。

(確かに、私たちが変になったのは胸が痛んだせいだった)

　気になって側の鏡で胸元を見れば、まるで花のような痣が胸元に浮かんでいた。あまりにくっきりとしているため、痣というより墨《すみ》を入れたようにさえ見える。

『待て待て、さすがの私も仙術など使えぬ』

「ならば、何かしらの神器を使ったのですか？」

『私はあの衣を着せただけだ』

「ですが昨日のあの状態は、明らかに何かがおかしかった」

本当に何もしていないと言うと、九狼が春蘭の前にふわりと移動する。

『悪いが、少し見せてもらうぞ』

どこか真剣な声と眼差しに、春蘭は胸元をそっと見せる。

途端に、九狼の眉間には深いしわが寄った。

『……これは術や道具によるものではないな』

「ならば、狼太公の仕業ではないと？」

『お前の腰抜けっぷりには呆れていたが、さすがに強引に事を運んだりはしない』

『……とか言って、この服は強引に着せたじゃないの？』

雹華がさりげなく指摘したが、九狼はわざとらしくそれを聞き流す。

『そもそも、人心を惑わせるような仙術を使える者など、もはや人の世にはおらぬ』

「だとしたら昨日のは……」

『私ではなく、この子の力かもしれぬな』

何かを探るように、九狼がじっと春蘭を見つめる。

幽鬼の赤い瞳に射貫かれると身体の内側から寒気が込み上げ、春蘭は思わず自分の身体を抱きしめた。

それを見かねたのか、九狼から春蘭を守るように月華が彼女を抱き寄せる。

「下手な言いがかりはやめてください。この子は我が一族とは違い、ただの人間です」

『だが実際、この子は男を引き寄せるだろう？』

九狼の言葉に、春蘭は小さく息を呑む。

「……男の人に好かれるのは、もしかしてその力のせいですか？」

『昔異国の幽鬼から、男を惑わせる不思議な女たちの話を聞いたことがある。女たちは皆さしたる魅力もないのに、目が合っただけで男を虜にし、恋に落とすのだそうだ。幽鬼の言葉では男の心を引きつける〝幻影香《フェロモン》〟という特殊な香りを身に纏っているのだそうだ』

「私にも、その香りがあると？」

『可能性はある。そなたは美しいが、それにしても少々男の目を引きすぎる』

そう言うと、九狼は月華にふっと笑みを向ける。

『それにこんな状況でも本懐《ほんかい》を遂《と》げられなかったほど情けないこの男が、わずかとはいえそなたに手を出したのだ。何かしらの理由があると考えるべきだろう』

「……俺を、馬鹿にしていますか？」

『というより心配している。この状況で未遂に終わるとはお前、どこか悪いんじゃないのか？』

「健康です」

『いや、一度医者にかかったほうがいい』

大真面目な九狼と、それに呆れる月華。

二人のやりとりを雹華は笑っているが、春蘭の顔には影がよぎる。

「……月華様が手を出さなかったのは、私に全く惹かれていないからではありませんか？」

ぽつりとこぼすと、月華が驚いた顔でこちらを見つめる。

唖然とした顔は図星を突かれたからのように思え、春蘭は悲しくなる。

口では触れ合いを嫌ではないと言っていたが、月華は基本口下手だし優しい。本当は嫌なのに、優しさから春蘭を上手く突き放せなかったのかもしれない。

(だとしたら、こうやって近くにいるのもいけないことなのかも……)

春蘭に特別な香りがあるのなら、他の男たちと同じように月華の心も無理やり変えてしまうかもしれない。

そうなったらきっと彼は苦しむに違いないと思い、春蘭は彼の腕から出ようとする。だが、むしろ月華の胸に身体が傾いてしまう。もしやまた身体がおかしくなってしまったのかと焦っていると、月華の大きな手が春蘭の額に押し当てられた。

「そなた、ひどい熱だぞ」

「ね、つ……？」

言われてみるとなんだか身体が火照《ほて》っている。この状況に気を取られていて気づけなかったが、寒気を感じたのも熱のせいだったのかもしれない。

『そういえば二人とも、昨日濡れたまま寝たんじゃない？』

「確かに、そうかも……」

『無駄に頑丈な兄様はともかく、春蘭はすぐ風邪を引くんだから気をつけなきゃ！』

雹華に叱られた直後、春蘭の身体がふわりと浮く。

すぐ側に迫った月華の顔に驚いたところで、彼に抱き上げられたことに気がついた。

「気遣いが足りずすまない。すぐに医者を呼ぶから、そなたは寝ていろ」

『ついでに特異な身体のことも、一度調べたほうがいいかもしれない』

「手配しましょう」

月華は頷きながら、春蘭を寝台にもう一度横たえる。

「服や寝台は乾いているようだが、着替えもすぐに用意させる」

「いや、このままでも……」

「このままにはしない。そなたが熱を出したのは、俺のせいだからな」

頭を軽く撫でられると、春蘭の胸がまた甘くうずく。だがまたあの胸の痛みが蘇り、春蘭は慌てて毛布を頭からかぶった。

（だめ、今はだめ……）

気遣ってくれる彼を惑わせてはいけないと思い、毛布の中で春蘭はまるくなった。

「先ほどのことはまた改めて話そう。とにかく今は、身体を休めるのだ」

小声で「はい」と返せば、月華が急いで部屋を出て行く気配がする。

代わりに側に来たのは雹華のようで、彼女は毛布の上からぽんぽんと春蘭の背中を優しく叩く。

『春蘭の不安はわかるけど、兄様はあなたにちゃんと惹かれてると思うわよ』

雹華の言葉に少しだけ安心するけれど、胸に芽生えた不安はまだ消えない。

(でも、私が月華様の心をねじ曲げてしまう可能性は消えてない……)

昨日の彼はまるで別人のようだった。今まで春蘭を求めてきた男たちとどこか似た表情を思い出すと、わずかな恐怖が芽生える。

(優しい彼を、私がおかしくしてしまったらどうしよう……)

芽生えた不安はどんどん大きくなり、春蘭はただただ膝を抱えることしかできなかった。

◇◇◇　◇◇◇

誰かがそっと、春蘭の頬を優しく撫でた。

その心地よさに薄く目を開けたところで、自分が眠りに落ちていたことに気づく。

(やっぱり熱……出てるかも……)

冷たいものが額にそっと押し当てられた。どうやら濡れた布のようだとぼんやり考えていると、側で誰かのしゃべる声が聞こえてくる。

『月華様、看病なら自分たちがやりますので』

「いや、俺にやらせてくれ」

『ですが、そろそろお休みにならないと……』

「春蘭が倒れたのは俺のせいだ。だから春蘭のことは、俺が看《み》る」

そんなやりとりをしているのは、月華と侍女のようだ。

押し問答はしばらく続いたが、軍配は月華に上がったのだろう。侍女の気配はいつしか消えて、再び頬をそっと撫でられた。

ようやく意識がはっきりし始めた春蘭は、ゆっくりとまぶたを開ける。

「平気か？」

最初に見えたのは、月華の心配そうな顔だった。

「……平気、です」

声は少しかれていたが、気分が悪くないのは本当だった。

とはいえ身体を起こそうとすると、月華の腕にそっと止められる。

「まだ熱は下がりきっていない。だから寝ていろ」

なだめるように胸元をぽんぽんと叩かれるとそのままもう一眠りしたい気持ちになった

が、眠る前に覚えた不安がじわりとにじり寄ってくる。

(月華様は、ここにいて大丈夫なのかしら?)

また自分がおかしくしてしまうのではと思うと、この手に甘えてはいけないと思う。

「言われたとおりにします。だから、月華様もお休みになってください」

「俺は平気だ」

「今は平気でも、いつおかしくなるかわかりませんから」

春蘭の言葉に、月下の手が止まる。

「……また襲われるかもしれないと、警戒しているのか?」

「襲われる?」

「昨晩のように、俺がそなたに無礼を働くのではと怯えているのではないのか?」

無礼と言われても、なんのことだか春蘭は一瞬わからなかった。

思わずきょとんとしていると、月華が怪訝そうに首をかしげる。

「無礼を働かれた覚えはありません」

「俺はそなたの肌に触れた」

「でも、私が望んだようなものですから」

むしろ……と、春蘭は表情を曇らせる。

「触れたくないものに触れることになって申し訳なくて……」

「そなたが謝る必要はないだろう」

「けど、私の幻影香が誘わなければ、月華様は私に触れようとは思わなかったでしょう?」

「それは……」

言いよどむ月華を見て、春蘭は思わず気落ちする。

(やっぱり、ああして触れ合ったのは間違いよね……)

こうして二人きりでいるのもよくないことだと考え、春蘭は意を決して身体を起こす。

途端に、熱のせいでめまいを感じて身体が傾いた。

そんな春蘭を支えようと伸ばされた月華の腕を彼女はそっと払う。

「私は一人で大丈夫です。……だから月華様は、ここにいてはいけません」

「しかし……」

「ここにいられたら困るんです。ただでさえ熱のときは心が弱っていくし、あなたがいると甘えたくなるから」

「甘えたいなら甘えればよい」

「でも甘えているうちにまた幻影香が出たら、月華様を困らせてしまいます」

胸元をぎゅっと押さえ、春蘭はうつむく。

「それに月華様の心だけは、ねじ曲げたくない……」

大好きな人だからこそ、幻影香のせいではなく、彼自身に求めてほしかった。でもきっとそれは叶わないと思うと、春蘭の瞳から涙が一筋こぼれる。

涙を見せれば月華を無駄に心配させてしまうと気づき、慌てて頬を拭おうとする。

しかし胸元の痣のあたりがわずかに熱を持ち、春蘭ははっとした。

急いで彼から離れようとしたが、月華の大きな手が春蘭の頬を優しく撫でる。

「俺は、幻影香にあてられてここにいるのではない」

優しい声と共に、こぼれた涙を拭うように頬にそっと口づけられた。

「自分の意志でここにいる。そなたを気遣いたいと思っている」

その言葉さえも幻影香に因《よ》るものではと疑うが、見つめた月華の顔はやはり他の男たちとは違う。

熱に浮かされた様子はなく、凛々しい面立ちに浮かんでいたのは真剣な表情だ。

「幻影香のせいではなく、昨晩は……いやずっと前から、俺はそなたに触れたいと思っていた」

月華が紡いだ言葉は彼自身の気持ちだという気がしたけれど、まるで都合のいい夢でも見ている気がして、春蘭はこの状況が信じられない。

夢か現実かを確認しようと思わず頬をつねると、月華がわずかに慌てた。

「そんなことをしたら痛いだろう」

「痛みを確認したかったんです。あまりに嬉しい言葉だったから、夢か幻なのだと思って」

「夢でも幻でもない」

「けれど、まるでこんな……私の側にいたいみたいなことをおっしゃるなんて……」

「みたいではなく、いたいと思っている」

「私の側に……ですか？」

「他に誰がいる。それにこうして、触れたいとも思っている」

再び頬を撫でる手つきは、まるで恋人にするように甘く優しい。

こうされることを望んでいたはずなのに、この状況と熱のせいか春蘭はただただ戸惑い、これが現実だと思うことはできなかった。

「やっぱり夢です……。それか月華様は幻影香に侵《おか》されているんだと思います」

「だから違うと言っている」

「でも月華様は私が触れようとするたび緊張で固くなったり、ひどいときは逃げ出したり、驚いて妙な声を上げたりする方ですし」

「確かに俺は、情けなくて駄目な男だったと思う」

だが……と、彼はぐっと身をかがめる。

近づいてきた凛々しい顔にとっさに目を閉じたのは、口づけの訪れを感じたからだ。

とはいえ柔らかな唇が触れたのは、鼻先だったたが。

「月華様、そこは……」

「自覚している。こういう男なのだ、俺は……」

目を開けると、恥ずかしそうに額を押さえる月華の顔がすぐ側にある。

「何事もままならず、失敗ばかり繰り返す情けない男なのだ。特に、好いた相手の前では余計に上手くいかない」

好いた相手という言葉を上手く飲み込めず、春蘭はぽかんとした顔で固まる。

そのまま無意識に頬をつねりかけたが、持ち上げた手をぎゅっと握られた。

「……告白も、こうして上手くいかなかった。本当はもう少し、格好をつけて言いたかったのだが」

「こ、告白……？」

「そなたを好いていると、本当はずっと伝えたかった。だがその言葉を口にするにふさわしい男かどうかと迷うばかりで、ずっと言えなかったのだ」

「なら、本当に私を……」

月華がはっきりと頷く。

どうやら嘘ではないらしいと気づくが、今はまだ喜びよりも驚きのほうが大きくて、春蘭は間の抜けた顔のままだった。

「その顔は、信じていないな」

「し、信じてはいるんですけど……」

「先ほどの告白では、まだ足りないか？」

「足りてはいます。でも月華様に好きになってもらうには、もっと時間がかかると思っていたから、驚きすぎて」

「時間がかかるどころか、ずっと前から好きだったぞ」

「ほ、本当に……!?」

さすがに今の言葉は嘘なのではと考えると、月華は「しばし待て」と言って一度席を外す。それからほどなく戻ってきた彼は、春蘭にも見覚えのある小箱を手にしていた。

「……これは、雹華の文箱ですか？」

「そうだ。だがここ数年は俺が持っていた。そしてこれが、私がそなたに思いを寄せるようになった理由だ」

そう言って開かれた箱の中には、春蘭が送った手紙が入っている。

「数年前から、そなたの文通の相手は俺だった。雹華から代理を頼まれ、以来ずっと彼女のふりをして俺が文を書いていたんだ」

「で、でも、すごく雹華が書いたような文章と内容でしたよ？」

「妹の字や文章を頑張ってまねたのだ」

「女性向けの甘酸っぱい小説の話とか、お菓子の話とか、いっぱい書いてあったのに

「……？」

「小説は雹華から借りて読んだ。お菓子も、話題になればと思い、都の店を食べ歩いた」

そして今はすっかり甘いものにはまってしまったと、恥ずかしそうに言う月華は嘘をついているようには見えなかった。

「でも、どうして……」

「最初は一回だけの代理のつもりだった。雹華に頼まれ、彼女のふりをして返事を書いた。妹からそなたの話は聞いていたし、正直どんな人物なのかと興味もあったのだ」

言いながら、彼は深くうなだれる。

「そなたからの返事をもらったとき、愛らしいその内容に思わず心を奪われた。俺の情けない一面も好意的に受け取ってくれているのが嬉しくて、つい喜んでしまったらそれを雹華に見抜かれてな……」

言葉は途切れたが、雹華の強引さと勢いのよさを知っている春蘭はその先の出来事がなんとなく頭に浮かぶ。

「強引に続けるよう言われたんですね」

「強引だったが、断るべきだったと今は反省している。こんなにも長い間、そなたをだますことになってしまった」

「そんな申し訳なさそうな顔をしないでください。それにたぶん、雹華が代筆を提案したのは私のためでもあった気がするんです」

最初の文通で月華の絵をもらって以来、春蘭は月華に夢中だった。それを見抜かれていたから、本人と関わりを持たせようと雹華は画策したのだろう。

「月華様と親しくなりたいと思い続けていたから、きっと気遣ってくれたんだと思います」

色々と合点がいったと春蘭は思うが、月華は怪訝そうな顔になる。

「俺と、親しくなりたいと思ってくれていたのか？」

「ええ、あの頃からずっとお慕いしていましたから」

「だが雹華は……それに俺自身も、俺の情けない日常ばかりを文に綴った気がしたが」

「正直に申し上げますと、その情けない面に私は心惹かれていたんです。それに月華様は情けないだけでなくお優しいし、素敵だし、ここに来てからは凛々しい一面も見られて、毎日好きな気持ちが募っていると言いますか」

つい熱く語ってしまうと、月華の顔がみるみる赤くなる。

「そ、その辺にしてくれ、さすがに恥ずかしい」

「照れる月華様も、好きです」

「そなたは、本当に俺の話を聞いていないな」

「聞いておりました。私が好きで、好きだから照れてくださっているんですよね」

「真面目に返されると、それはそれで恥ずかしいな」

うなだれる姿はどこか可愛らしく、そういう姿も好きだと春蘭は力説したくなる。

それを察したのか、慌てた様子で月華が春蘭の口を手で覆った。

「俺にとっては、幻影香よりもそなたの賛辞のほうがやっかいだ」

「んむむ？」

本当に？　と尋ねた声は、口を覆われていたせいでくぐもったが、月華はなんとなくこちらの言いたいことを察したらしい。

苦笑しながら、彼は小さく頷いた。

「だからつい照れるばかりでそなたの好意をずっとはぐらかしてしまった。……だがこれからは、なるべく逃げないでいようと思う」

月華はそっと春蘭の手を取る。

「だから安心して、側にいてくれ。幻影香があろうとなかろうと俺はそなたを好いているし、それに惑わされることなく今後はそなたへの想いをちゃんと言葉にしよう」

春蘭の手を握る手つきはひどく優しくて、愛されているという実感が触れた肌から伝わってくる。

それがあまりに嬉しくて、春蘭の目にじわりと涙がにじむ。

「す、すまない、俺は何か言葉を間違えたか？」

「いえ、むしろ嬉しくて……嬉しすぎてつい……」

「だとしても、そなたの泣き顔を見るのはつらい。だからどうか、笑ってくれ」

頼むと希《こいねが》う声に答えたくて、春蘭はこぼれそうになった涙を拭い、大げさなほどの笑顔を浮かべる。

「なら、笑っています。お側にいてもいいのなら、ずっと隣で笑っています」

「むしろいてほしい。雹華のふりをして文を書いていた頃から、こうして側にいられたらと願っていたのだ」

優しく微笑み、再び月華の顔が近づいてくる。

今度の口づけは唇に重なり、春蘭は思わずうっとりと目を閉じた。

つたないながらも、重なったところから幸せな気持ちが広がり、春蘭は月華の身体にぎゅっと抱きつく。

だがその途端、月華の唇が逃げるように離れてしまう。

「すまない、病人相手に俺は……」

「かまいません。むしろもっとしてもいいくらいです」

「い、いや、それはだめだ……。幻影香のせいで無礼を働きかけてばかりだし、そなただってまだ熱が下がりきっていないだろう」

言うなり、月華は春蘭を布団の中に戻してしまう。

「今はまず、休みなさい」

「休んだら、続きをしてくださいますか？」

「つ、続き？」

「口づけとか、色々」

九狼に本を見せられたときはそうした行為を恥ずかしいと思ったけれど、今はどういうわけか、彼と触れ合いたくて仕方がない。

さすがにそれがはしたない願いだとわかっているので言葉は濁したが、月華は彼女の願いを察したのだろう。

彼は初心な乙女のように顔を赤らめ、春蘭の顔に毛布をかぶせた。

「そ、そういうのは順序立ててだな……」

「なら、どういう順序を立てればいいのですか？　どうすれば触れてくださいますか？」

毛布の向こうに問いかけると、何やら慌てている気配を感じる。

「そ、そういう話も、まずは体調がよくなってからにしよう」

寝かしつけるようにぽんぽんと頭のあたりを優しく叩かれる。

それが嬉しい反面、毛布越しではなく直に触れてほしいと思わずにはいられない。

だがわずかに胸元が熱くなり、春蘭は慌てて痣を押さえた。

自分の望みに幻影香が反応したらと不安になったが、胸元の熱はすぐに消え、あの甘い香りが漂うこともなかった。

（幻影香って、いつも出るってわけじゃないのね）

そのことに安心し、常時出るわけではないのなら、もう少し月華に甘えてもいいのだろうかと春蘭は考える。こっそり目元と手を毛布から出すと、月華はちょうど寝台から腰を上げようとしているところだった。

「あの、もう少しだけここにいてくださいませんか？」

思わず裾をぎゅっと摑めば、月華が驚いた顔で春蘭を見つめる。

「今は幻影香も出ていないようなので、あの……」

「側にいるくらいなら、いくらでもいいよう」

「あと手を、繫ぐのはだめですか？　それ以上は望まないので」

ちゃんと順序は守ると力説すれば、月華が苦笑を浮かべる。

「なら、眠るまで手を握っていよう」

差し出された手を、春蘭はぎゅっと握る。大きな手を握っていると少しドキドキしたけれど、幻影香が出る気配はない。

（うん、やっぱり大丈夫みたい）

ほっとすると再び眠くなってきて、無意識に握りしめた月華の手に頰を寄せる。

それに月華が慌てふためいていることに気づかぬまま、春蘭は眠りに落ち安らかな寝息を立て始めたのだった。

第四章

春蘭の熱は一日で下がり、二日目には体調もよくなっていた。

『身体はもう平気だろう。幻影香も、今はすっかり消えているようだな』

医術の心得もある九狼が診察をしに来てくれ、ほっとした顔をする。

素性《すじょう》がばれたせいか、今日の彼は大人の姿だ。その顔立ちは月華に似ており、だからこそ少しそわそわしてしまう。

『なんだ、私の顔をじっと見て？　もしや、この美しい顔に惚れたのかい？』

「それはないです」

即答すると、九狼がすねたような顔をする。

『そんなにはっきり断言することはなかろう』

「私は好きなのは月華様だけです。見ていたのも、月華様に会いたいなと思っていただけです」

『ふむ、その様子だと上手くいったと見える』

「わかっちゃいます？」

『そんなに、ニヤニヤしていたらな』

指摘され、思わず顔を手で押さえる。

（うん、確かにいつもより締まりのない顔になってるかも）

なんとか元に戻そうとしてみると、不意に彼に口づけられたときのことが浮かび、先ほどよりもっと締まりのない顔になってしまう。

『これは重症だな』

「えっ、私まだどこか悪い感じです？」

『強《し》いて言えば頭だな。こちらの皮肉にも気づかないとは』

呆れ顔をされ、ようやく自分の勘違いに気づいて恥ずかしくなる。

「確かに、ちょっと浮かれすぎているかもしれません」

『浮かれるくらいでちょうどいいさ。そのほうがそなたの身体にもいいだろう』

そう言いながら、月華が春蘭の胸のあたりを指さす。

『私も色々調べたが、幻影香は特定の相手が見つかると止まる場合が多いらしい』

「それは本当ですか？」

『古い文献をあさったところ、そうした記述があったのだ』

　だとすれば、今後は幻影香に狂わされることはないのかもしれない。

　両想いになったとはいえ、人の心を歪めてしまうことに抵抗があった春蘭は九狼の言葉にほっとする。

「では、月華様のお側にいても問題ありませんか？」

『むしろ幻影香が出ないことを悔《く》やむやもしれんぞ。あいつはそうとう奥手だから』

「でも、両想いになりましたし」

『きっとここからも長いぞ。結婚するまでは口づけもしないと言いかねないな』

「そ、それは嫌です！」

　思わず声を上げると、九狼が意地悪な笑みを浮かべる。

『だったら、まだまだ頑張らねばな』

　どこか楽しそうな九狼にむっとしつつも、月華が奥手なことは春蘭もよく知っているため何も言い返せない。

（月華様に好きになってもらえたら万事上手くいくと思っていたけど、そういうものでもないのね……）

　むしろ頑張るのはこれからなのかもしれないと、春蘭は気合いを入れる。

（でも、具体的にどうしたらいいのかしら。順序がどうとかって月華様はおっしゃっていたけど、そもそも順序ってなんなのかしら……)

など と考えていると、九狼がにやりと笑う。

『何か悩みがあるなら、人生の師である私が答えてやろうぞ』

「なんだか、面白がってますよね」

『そんなことはない、こう見えても心の底からそなたたちのことを考えているのだぞ』

「本当に?」

『二人にはこのあとも末永く幸せに暮らしてほしいからな。それには幻影香をしっかり抑え込むほどの愛情が必要だろう?』

九狼は、真面目な表情を作る。

『幻影香というのは、そなたたちが思うよりもやっかいだ。故に二人には大いなる愛を育み、この局面を乗り切ってほしい』

「お、おおいなる……」

『臆《おく》した顔をするな。月華はああ見えてむっつりだし、懐に入れた者は猫かわいがりするところがある。だからそなたは可愛く迫り、月華のむっつりを目覚めさせればいい』

そのやり方は教えてやると胸を張る九狼。

面白がっているのは明白だし不安を覚えるも、確かに彼のほうが月華をよく知っているのは事実。

（私たちのことも応援はしてくれているみたいだし、教授してもらってもいいのかも）

不安を覚えつつも、ここは年長者の意見を聞いてみようと思い、春蘭は「よろしくお願いします」と頭を下げたのだった。

◇◇◇　◇◇◇

（なんだろう、今……妙な胸騒ぎがしたな……）

執務室で雑務をこなしていた月華は、わずかに身体を震わせそんなことを思った。

【いかがなされましたか？】

声をかけてきたのは、今し方イーシン国についての報告をしに来た武臣である。

首がないので表情はわからないが、なんとなく心配されているのは気配と声でわかる。

「いや、なんでもない。それより、イーシンのほうは？」

【鳳国の軍は引き、また元の平和に戻りつつあるようです】

「そうか」

【……ですが、一つ妙な話を聞きました】

どこか言いにくそうな声に、月華はわずかに首をかしげる。

「何か、問題か？」

【鳳国侵攻に関して、妙な噂が流れているんです。なんでも、此度《こたび》の侵攻はイーシンの国の姫を巡って起きたものだと】

イーシンの姫と聞き、月華の表情が険《けわ》しくなる。

あの国には姫は一人しかいない。つまり、その噂が本当なら争いの元凶は春蘭ということになるのだ。

「宗越が、春蘭を求めたということか？」

【それをイーシンの国王がはねのけた……というのです。そして、その姫を夜叉王が得たため、鳳国は渋々引き下がったという噂が流れているのですよ】

「あの宗越が春蘭を……」

言葉にしてみるが、どうにもピンとこない。

宗越とは付き合いが長いが、彼は昔から女子に全く興味がないのだ。また皇帝である自分の結婚は政治の道具であり、必要がある相手としか結婚しないと豪語していた。

「色恋を理由に戦争を仕掛けるなど、奴らしくない」

【同意見です。実際、春蘭どのが夜叉王様の元にいると聞いたときも焦っている様子はありませんでしたし】

「そういえば、会合の予定はどうなっている」

【予定では明後日、宗越様自らこちらにいらっしゃると】

「春蘭について何か言っていたか？」

【いいえ、それが何も】

武臣は断言する。もし首があれば、きっぱりと横に振っていただろう。

「ならば、イーシン国の王たちはどうだ？　彼らにも話は聞きに行ったのだろう」

【行きましたが、その、怖がられてしまい詳しい話は……】

今更のように、この武臣の姿が世間一般的にどう見えるかということを思い出す。

月華は武臣の姿を見慣れてしまっているし、他の幽鬼より血の気も多くなく紳士的だと知っているが、首がない幽鬼というのは、やはり怖いのだろう。

幽鬼というのは大抵恐ろしい容姿をしており、人間らしさを保っている者は少ない。

また幽鬼はどこでも自由に行き来できるわけではない。世に言う『出やすい』場所というのは限られており、そうでない場所に長居するのは困難なのだ。

特にイーシンは全体的に空気が綺麗で、幽鬼が長居するには適さない。

そんな場所にふらふら行けるのは、特殊な幽鬼だけだ。

（他にイーシンへ行ける者となると、適任は狼太公か雹華あたりだが……）

自由すぎる二人故、必要な情報を持って帰ってきてくれるだろうかと不安を覚えずにはいられない。

そんなとき、不意に背後に幽鬼の気配を感じた。

『今、私のことを考えていなかったか？』

振り返らずとも、月華はその声で側にいるのが九狼だと気づく。

「相変わらず、察しがいいですね」

『たまたまだ。お前に話があって顔を見に来たんだ』

「話とは？」

なぜか意味深に微笑まれる。なんだか嫌な予感を覚えていると、九狼はふわりと月華の前に浮遊する。

『それで、イーシンに行けばいいのか？』

「話を聞いていたんですか？」

『私は耳がいいのだ』

「……というより、盗み聞きが好きなだけでしょう」

幽鬼というのは壁や扉をすり抜けられるせいか覗き見や盗み聞きに抵抗がなく、むしろ好む者が多い。その中でも九狼は顕著《けんちょ》である。

『そのおかげで話が早くすむのだからいいじゃないか』

やはり盗み聞きをしていたのかと呆れるが、咎《とが》めるのも今更なので文句は飲み込んだ。

「お任せしても？」

『ああ。ちょうど、春蘭の幻影香について調べておきたいと思っていたからな』

「もしや、何か懸念が？」

『念のためだ。お前がしっかりすれば安定すると思うが、しっかりしない可能性もあるかな』

「それは、どういう意味ですか……？」

『幻影香は一般的には特定の相手がいれば出ない。つまりお前たちが仲良くやってくれていればいいのだが……』

わざとらしく言葉を切り、九狼は月華のことをじぃっと見つめる。

『よりにもよって春蘭の相手はお前だ。いつお前が春蘭に愛想を尽かされるかわからん。幻影香が再び漏れ出してもおかしくはないだろう』

愛想を尽かされたりはしないと断言できればいいが、できていれば彼女に想いを伝えるまでこんなに苦労をしていなかった月華である。

「……尽かされぬよう、努力するつもりです」

『お前の努力なんてたかがしれているだろう。一月かかってようやく手を繋ぐのが精一杯などと言いかねない』

「口づけくらいは……さすがに……」

『相手は若くて美しい年頃の女子だぞ？　いちゃいちゃしたい年頃だぞ？』

「い、いちゃいちゃ？」

『若者たちの間で流行っている、仲睦《なかむつ》まじく過ごすことを『いちゃいちゃ』と言うのだ。そうしたことも知らず、春蘭にばかり求めさせてうじうじしておると、早々に愛想を尽かされるに違いない』

確かにいつもいつも、好意を示してくれるのは春蘭のほうからだった。それにあぐらをかいていては、さすがに情けないとも思う。

『なんだったら、私が女子の扱い方を教えてやろうか？』

「いえ、結構です。狼太公の教えは危険な気がしますし、こういうことは自分でなんとかすべきだと考えているので」

『ふむ、お前も少しは成長しているようだな』

何やら感心した様子を見せると、九狼はその姿を薄くする。

『ならば頑張って男を見せろ。春蘭に振り回されるのではなく、振り回す男になるのだ』

妙にニヤニヤした表情と笑いをこらえるような声を置いて、九狼の姿が消えていく。その様子に妙な胸騒ぎを覚えつつも、真意を尋ねる間もなく曾祖父の気配は完全に消えた。

（まあ、一応狼太公なりに応援してくれているのだと思おう……）

いたずら好きで問題も起こすが、一応ひ孫のことを心配してくれてはいるはずだ。

そんな九狼のためにも、いい加減男を見せねばと月華は決意する。

（……しかし、具体的にはどうすればいいのだろうか）

いらゃいちゃとはいったいなんなのだろうか。どれほどの触れ合いをさすのかと考え始めるが、童貞《どうてい》を拗らせた男にとっては難題だった。

悩みに悩むが答えは出ず、結局その日はいつも以上に仕事に手がつかなかった。

春蘭の元に行くこともできないまま、気がつけばもう遅い時間になっている。

(食事に誘うにしても遅い時間だし、さすがに今日は諦めるか……)

何もできなかった自分にうんざりしつつ、月華はとぼとぼと自分の寝所へと戻る。

「……ん？」

月華は違和感を覚えた。普段は消えている部屋の明かりがついていたのだ。

幽鬼は基本明かりを必要としない。となれば中にいるのはただ一人だと察し、月華は急いで部屋に入る。

「あっ、月華さまだぁ」

扉を開けるなり視界に飛び込んできたのは、月華の寝台の上にちょこんと腰を降ろしている春蘭である。その愛らしさに目を奪われつつも、春蘭の顔が赤いことに気づいた。

まさかまた熱がぶり返したのかと心配しながら近づくと、春蘭が月華の身体に抱きついてくる。いつもよりふわふわした声で訴えかけてくる。

「えへへ、待ちくたびれてしまいました」

不意に月華の鼻孔を強い酒の香りがくすぐった。

驚いて春蘭の周囲に目を向ければ、恐ろしい数の酒瓶が転がっているではないか。それもすべて、幽鬼が作る強めの酒ばかりだ。

「ま、まさか飲んでいたのか？」

まさかこれを全部飲んだのかと月華が戦いていると、春蘭はふにゃりと笑った。

「飲んだら、いちゃいちゃできるって言われたのれ」

笑みだけでなく、口調もまたふにゃふにゃしている。「いちゃいちゃ」という単語から察するに、春蘭に妙な入れ知恵をしたのは九狼だろうと月華は察した。

(先ほどの狼太公の笑みは、こういうことか……)

思わず天を仰いでいると、春蘭が月華により密着してくる。ふくよかな胸を押し当てられ、月華の身体がぐっと強ばった。

「いちゃいちゃする気に、なりました……？」

問いかけと共に、春蘭が月華の顔を見上げる。

酒に酔った彼女は扇情的《せんじょうてき》で、潤んだ瞳を向けられると邪《よこしま》な感情が芽生えた。

「さ、酒など飲まなくても、そなたが望むならするつもりだ」

「れも、せっかく両想いになれたのに手を出してくれなかったし」

「それは、そなたに熱があったからだ」

「じゃあもう、問題ないれすね。はいっ！」

言うなり、突然春蘭は月華を勢いよく突き飛ばす。

予想だにしない行動に驚き寝台に倒れ込んだ月華に春蘭が抱きついてくる。

月華の身体に抱きついた春蘭は、嬉しそうに「ふへへ」と笑う。月華の胸にスリスリと頬を寄せる仕草は猫のようで可愛い。だが、異性との触れ合い経験がほとんどない月華にとってはたまったものではなかった。

「た、頼むからどいてくれ」

「やです。いちゃいちゃします」

「だが、そなたは酔っているだろう」

「いちゃいちゃしたくて酔ったので、大丈夫れす」

春蘭はそう言うが、彼女から香る酒の匂いは尋常ではない。

（それにこの香り……狼太公が飲ませたのは『火炎酒』か……）

猛虎《もうこ》をも酔わせて骨抜きにすると言われる酒は、幽鬼たちがよく好む酒だ。

幽鬼は生きていた頃よりも味覚などの感覚が鈍《にぶ》くなるせいで、酒にも酔いにくい。そのため強い酒を好むのだ。

そんな幽鬼たちでも飲みすぎると『悪酔いする』と口にする火炎酒をこんなに飲んで意識を保っているのだとしたら、春蘭は顔に似合わず酒豪なのだろう。

（とはいえ、こんなに飲んだら……）

「……ふへへ……、月華…さま……ぁ」

そっと様子を窺えば、月華の上に乗っている春蘭のまぶたが閉じかけている。

「待て、寝るなら布団に……」

「ここが、いいれす」

そう言ってふにゃっと笑ったかと思えば、次の瞬間には穏やかな寝息が聞こえ始めた。

「……春蘭？　おい、春蘭？」

慌てて身体を揺さぶってみるが、春蘭が起きる気配はみじんもない。

仕方なく彼女を下ろそうとするが、途端に月華の衣の裾をぎゅっとより強く握りしめてくる。寝ているはずだが、無意識のうちに月華と離れるのを嫌がっているのだろう。

そこを可愛いと思いつつも、春蘭のぬくもりが直に伝わるこの体勢は色々とまずい。

眠りこける春蘭に無体を働く気などないが、彼女は妙に薄着のため柔らかな身体を否応にも意識してしまう。

春蘭の手や足が月華の身体に巻きつき、身動きさえできない。その力は意外に強く、やすやすとは離れそうもなかった。

「……生殺しだ」

これまでの関係ならともかく、今の二人は恋人同士である。そのせいで外れそうになる箍《たが》を抑え込むため、月華はかつて僧侶の幽鬼から教わった精神を鎮《しず》める祈りの言葉を必死に唱えたのだった。

◇◇◇　◇◇◇

（……これ、誰の手だろう。すごく……優しい……）

大きな手のひらが髪と頬を撫でている。その感覚に心地よさを覚えながら、春蘭はゆっくりと目を開けた。

なんだか身体が妙にぽかぽかするなと思いつつ瞬《また》きを繰り返していると、頭を撫でていた手のひらが肩を優しく叩く。

「起きたか？」

どことなく困ったような声につられて顔を上げると、目に飛び込んできたのは月華の凜々しい相貌《そうぼう》である。

（でも、なんだかとても疲れてらっしゃるみたい……？）

何かあったのだろうかとぼんやり考えたところで、春蘭の頭がようやくはっきりし始める。とはいえいつもと比べると妙に頭の中がふわふわしていて、月華の身体に縋りついていることに気づいたのも、少し時間がたってからだった。

「へ？　私なんで……？」

月華の厚い胸板を無意識に撫でながら首をかしげていると、目の前の凜々しい面立ちが困惑に染まる。

「もしや、覚えていないのか？」

「な、何をです……？」

「俺の部屋で大量の酒を飲んだだろう」

尋ねられるが、春蘭には記憶がなかった。

「酔って、俺を襲おうとしたことはどうだ？」

それも記憶がなかったが、やりそうだなと思った。

「確かに、九狼様に月華様といちゃいちゃしたかったらお酒を使ってみたらどうかとアドバイスをされたのは覚えています」

「そのあとのことは」

「まだ頭がぼんやりしていて……」

「まあ、これだけ飲めば当然か」

春蘭からそれた月華の視線の先を追うと、部屋にはたくさんの酒瓶が転がっている。

ほんのわずかだが、春蘭の記憶が蘇ってきた。

「おいしいお酒だったので、いっぱい飲んだ気がしてきました」

「そうとう強い酒だが、よく飲めたな」

「お酒は得意なんです」

「なら気分などは悪くないか？」

「頭はぼんやりしていますけど、悪酔いなどはしていなそうです」

「……すごいな。これは幽鬼でさえ酔わせる酒なのに」

褒められたように感じ、春蘭はついニコッと笑う。

途端に、月華が何かをこらえるような顔をして額に手を当てた。

「だが今後はあまり飲むな」

「どうしてです？　すっごくおいしかったからまた飲みたいです」

「そろそろこの状況に気づいてくれ。そなたは酔うと、俺を困らせる天才になるのだ」

月華の言葉で、春蘭はようやく胸を撫でていた手を止めた。

頭もはっきりしてきて、恋人が疲れ果てている理由もなんとなくわかる。

「……もしかして、私は月華様の上で寝ていました？」

「かなり、長い時間な」

「ずっと、この体勢で？」

「この体勢で」

「ご、ごめんなさい……」

反省すると同時に、恥ずかしさと後悔がじわじわと大きくなり始める。

「私、そうとうひどい酔い方をしたんですね……」

「いや、ひどくはなかったが」

「でも、ものすごくひどい絡み方をしたのでは？」

この体勢から察するに、確実に春蘭が押し倒したのだろう。

あげくに身体の上で寝落ちするなんて、最低にもほどがある。

「ご迷惑をおかけした上に、こんな醜態を晒すなんて……」

せっかく芽生えた恋心が冷めるほどのものだったらと青ざめていると、月華の大きな手が春蘭の頭を再び撫でた。

「別に醜態を晒したわけではない」

「でも……」

「むしろ可愛くて、色々我慢するのが大変だった」

頭を撫でていた手が、ゆっくりと春蘭の頬へと降りてくる。

肌をなぞる手つきは普段とはどこか違った。肌ではなく春蘭の内側にある欲望をくすぐるような指使いに、春蘭は思わず息を呑む。

「それに反省もした。俺が奥手なせいでそなたにばかり努力をさせていたが、今後はもっと俺からも迫ろうと思う」

肩を抱き寄せられ、春蘭の天地がひっくり返る。

気がつけば逆に押し倒される格好になり、春蘭は慌てふためいた。

「き、急にやる気を出されると……それはそれで……」

「だが、いちゃいちゃというのをしたかったのだろう？」

「し、したかったんですけど……」

春蘭の答えを聞きながら、月華がまとめていた髪をほどく。黒く長い髪が肩からこぼれると、途端に凄《すさ》まじい色気があふれ、春蘭は悲鳴を上げかけた。

（な、なんだか月華様が直視できない……）

春蘭を見つめる眼差しは甘くて、見ていると胸が苦しくなるのだ。息も詰まり戸惑いのあまり顔を背けるが、すぐまた月華の手によって正面を向かされる。

「なぜ顔を背ける」

「げ、月華様の本気が想像以上で、その……」

「本気になって、欲しかったのだろう」

「欲しかったんですけど、想像の百倍くらい素敵で心臓が壊れそうです」

「大げさだな」

「大げさなんかじゃないです！　だって、昨日までは私が迫ると怯えた子犬みたいだったのに……」

なのに今はまるで狼のようだと思っていると、春蘭の唇に食らいつくように口づけが降ってくる。

「……ぅ、んっ」

驚きのあまりわずかに開けた口の隙間から舌が滑り込み、上顎をくすぐられると、喉の奥から甘ったるい声がこぼれた。

「……あぅ、んっ……」

口づけはすぐには終わらず、月華の舌が春蘭の舌を絡め取る。舌をこすり合わせる行為は、春蘭の身体を甘く震わせた。

(待って……月華様は本当に初めてなの……？)

彼の舌遣いは巧みで、何もできぬまま翻弄される自分とは大違いだった。

「……っ、あ……待って……」

息苦しさを覚えて声を上げると、ようやく月華の唇が離れる。

春蘭をじっと見つめる眼差しも表情も艶やかで、ようやく口づけがやんだのに上手く息ができない。

「嫌だったか？」

尋ねてくる声にはいつもの自信のなさがにじみ、わずかだが表情が彼らしい情けないものへと戻る。

春蘭は慌てて首を振り、月華の濡れた唇を見つめた。

「こ、こういう口づけはまだ不慣れで、息が……」

「鼻で呼吸をするのだ」

やってみろと言わんばかりに、再び口づけが降ってくる。

（……む、無理……）

口づけは激しく、月華は春蘭の身体をきつく抱きしめてくるのだ。彼の抱擁《ほうよう》は嬉しいが、大きな手に腰や背中を撫でられると呼吸に集中することができない。

幻影香は出ていないが、痣のあたりがどんどんと熱くなってくる。

熱は痣だけでなく全身へと広がり、まるでじりじりと火であぶられているようだ。

だが不快感や痛みはなく、むしろ熱と共に甘い心地よさが広がっていく。

「……あ、……んっ……ぁ……」

キスの合間にこぼれる声も甘く変化し、春蘭の表情も蕩け始める。

つたないながらも月華の舌を受け止め、気がつけばねだるように舌先を動かすまでになっていた。

鼻呼吸はままならないが、それを察したのか時折月華が唇を遠ざける。

だが息を上げる春蘭の顔を見るなり口づけは再開され、彼の手が春蘭の帯を緩めて果実を剝くように衣をずらす。春蘭の白い肩や美しい脚があらわになっていく。

完全に脱がされたわけではないけれど、太ももの上まであらわになった脚に恥ずかしさを覚える。

「こ、こんな格好……はしたないです……」

慌てて裾を元に戻そうとするが、その手を月華にそっと摑まれてしまう。

「いや、とても綺麗だ。そなたの美しさは、こうして乱れてもなお色あせない」

「でもこんな、脚まで出てしまって……」

「綺麗な脚だ」

脚を持ち上げられ、太ももに口づけられる。

「……んっ、ッ……ぅ」

途端にキスをしていたときと同じかそれ以上の愉悦を感じ、春蘭の口から甘い声がこぼれる。鼻にかかった声は妙に恥ずかしくて思わず口を塞ぐが、月華の口づけは終わらなかった。

「そなたは、ここが弱いのだな」

「ま、待って……っ、ひぁんっ！」

より強く肌を吸い上げられ、大きな声がこぼれてしまう。

その声に羞恥を覚えるが、月華はむしろその声や愉悦を引き出そうとするように、春蘭の弱い場所を唇と舌でいじめ抜く。

気がつけば脚を持ち上げられ、太ももの上まで衣がはだけていた。

月華の眼前で脚を開く格好になり、春蘭の肌が羞恥で赤く染まる。思わずやめてほしいと言いかけるが、月華がこぼした感嘆の声が春蘭から言葉を奪った。

「そなたはどこまでも美しい」

恥ずかしい格好をしているというのに、月華の眼差しは喜びと愛おしさにあふれている。

「こうして口づけられるのも、夢のようだ」

その言葉で、春蘭もまたこうした触れ合いを望んでいたことを思い出す。

幻影香に乱されたあのとき、春蘭の中に生まれた危うい欲望はずっと燻《くすぶ》っていた。

恥ずかしいけど淫らな自分を暴《あば》かれたい、彼の手で乱れたいと思う気持ちは消えずに残っていて、それは今もどんどん大きくなっている。

望みは表情にも表れ、月華を見つめる表情がより艶を帯びていく。

「このまま、先に進んでもかまわないか？」

見つめ合い、月華が静かに問うた。

たぶん表情から、春蘭の気持ちを把握したのだろう。

言葉で答えるのは難しかったけれど、恥ずかしさをこらえて春蘭はそっと頷く。

「大事にする」

短い言葉には、月華の優しさと愛情が込められていた。

それにほっとする一方で、春蘭の身体はわずかに強ばる。

（これから、月華様と……そういうことをするのよね……）

母からの教えや九狼の入れ知恵で、身体を重ねることについての知識は多少あるものの、詳しいとは言えない。恋人や夫婦が行うその行為は激しく、淫らであるということは知っているが、詳しい手順まではちゃんと把握していなかった。

（それはきっと、月華様も同じだろうし、上手くできるかしら……）

彼は奥手だし、こうしたことが得意には見えない。

口づけは巧《たく》みだったけれど、ここから先の経験はないに違いない。

そこに不安を覚えていると、月華の手が腰へと回される。

「……え？」

次の瞬間乱れた衣の間から下着を抜き取られ、春蘭の胸と下腹部があらわになる。

「ああ、やはりここも綺麗だ」

月華はしみじみ言うが、あまりの早業に春蘭は唖然としたまま固まる。

（な、なんだか……手慣れてる……？）

初心で奥手な彼のことだから色々手間取るのではと考えていたのに、むしろ余裕さえ感じ取れる。

手際のよさに戸惑っているうちに、月華は春蘭の襞《ひだ》にそっと指を這わせた。

「……ひゃ、ッ……あッ！」

弱い場所を攻められたせいで、既に濡れ始めていたそこを、月華の指が優しくこすり上げる。思わず出てしまった声を抑えようと口を手で覆うが、少しずつ強くなっていく指使いを前にすると、こらえることは難しい。

「声は我慢しなくていい」

「んっ、でも……ッ、あっ……」

「そなたは声も美しいのだから、隠す必要はない」

むしろ聞かせてほしいというように、月華は襞を攻めながら再び太ももへと口づけを落とす。

二ヶ所を同時に攻められると腰がビクンと震え、再び痣から熱が広がり始めた。

蜜口の奥がヒクつき、月華の指が濡れていく。彼は滑りがよくなった指先でゆっくりと襞の間を掻き分けると、その奥に潜む花芽をそっとこすった。

「……ッあ、そこ……は、ッ……！」

激しい愉悦が込み上げ、春蘭は甘い声をこぼしながら身悶える。

身体の震えが止まらなくなり、背中の下に敷かれた毛布を摑むが、全身に広がる熱と快楽をやりすごすことはできそうもない。

濡れる下腹部を晒したまま、ビクビクと震える姿ははしたないはずなのに、月華はそれをどこか満足そうに見ている。

「可愛い」

それどころかしみじみとそんなことを言い、彼は濡れる密口に唇を寄せた。

（う、嘘……）

次の瞬間、月華の肉厚な舌が襞の合間に滑り込む。

春蘭の入り口をほぐすように丹念になめられると、指で攻められていたときよりも大きな愉悦が込み上げる。

「あっ、ひぁッ、待って……、ッん、待って……」

春蘭の腰が揺れ、気がつけば月華の顔に下腹部を押しつけるような格好になる。

はしたない行為を止めたいのに、月華の舌使いが激しさを増すものだから、春蘭の身体は全く言うことを聞かない。

「おねがい……だめッ、待って……」

このままではまずいと思うも、時に指も交えて襞や花芽を攻められると、抵抗の声さえ甘く誘うような響きになってしまう。

（どうしよう、すごく、気持ちがいい……）

下腹部をなめられて恥ずかしいはずなのに、羞恥さえ春蘭を興奮させてしまう。

だが、与えられる快楽に身を任せられるほどの経験もなく、春蘭は身悶えながら月華を見つめる。

視線に気づいたのか、月華が上目遣いに春蘭を窺う。向けられた眼差しにはぞくりとするほどの色香が満ちていて、春蘭は更に戸惑うことになった。

「や、やっぱり……さっきまで……と、違いすぎます……！」

別人のような表情や色気に戸惑っていると、脚をぐっと持ち上げられる。

「ッ……あ、だめぇ、待ッ……！」

濡れた秘部を舌でいじめ抜く月華に、春蘭は甘い悲鳴と抗議の声を上げる。

「えっ、あ……、そこ、だめ……ッ」

全身を震わせ、強すぎる快楽のせいで目に涙さえにじむと、ようやく月華が唇を離してくれた。

「そなたこそ、先ほどまでとは態度が違う。この部屋に来たときは、こうしてほしいと望んでいただろう」

「でも、そんなところ……ッン、なめるなんて……」

「こうしてほぐしておかないと痛むのだ」

「……ずいぶん、お詳しい……ですね」

もしや経験があるのだろうかと考えた瞬間、春蘭の胸にモヤモヤとしたものが浮かぶ。

だがそんな不安は、月華が浮かべた苦笑がかき消した。

「誤解するな。そなたも狼太公から妙な本を渡されただろう」

春蘭は釣りに行く前に見せられた怪しい書物のことを思い出した。

「いつか好いた相手ができたときに困らぬようにと、こうした知識を無理やり教え込まれたのだ」

「ほ、ん……？」

「なら……こういうことは……初めてですか？」

「そうだ。だからこそ、そなたに負担をかけぬよう、丁寧《ていねい》に愛している」

舌による愛撫は彼なりの気遣いだったのだと思うと、恥ずかしさに喜びが重なっていく。

「て、丁寧……にしては、激しかったです……」

「痛かったか？　なら、すぐにやめるが」

「い、痛くはなかったですが……」

「なら、心地よかったのか？」

笑顔で尋ねられるが、肯定するのはそれはそれで恥ずかしい。

だが顔を真っ赤にしていると、月華はすべてを悟ってくれたようだ。

「わかった。なら、このままいこう」

蜜口に唇を寄せる月華に、春蘭の胸が乱れる。

「……ン、っあ……」

舌による愛撫が再開されると、より大きな愉悦を感じ、春蘭は身悶えた。

それから時間をかけ、月華は春蘭の入り口を愛撫し、押し広げた。

最初こそ激しかったものの、月華の手つきや舌使いは丁寧すぎるほどだった。

それが妙にじれったかったが、もっと激しくしてと言うこともできない。

前回とは違い幻影香が出ることもなく、中途半端に理性があるため、恥じらいを捨てきれなかったのだ。

「そろそろか」

だから月華がようやく満足げに頷いたとき、春蘭はどこかほっとしていた。

小さく息を吐くと、月華が少し心配そうな顔をする。

「怖いか？」

「いいえ、大丈夫です」

むしろ早く彼が欲しいという気持ちでいっぱいだった。彼の優しい愛撫は心地よかったけれど、だからこそ物足りなさを覚えてしまっていたのだ。

「苦しければ言ってくれ。俺も経験がないから、無理をさせるかもしれない」

月華の言葉に頷くと、彼はゆっくりと春蘭の身体に覆いかぶさってくる。

背も高く、筋肉に覆われた彼の身体が迫るとかなりの圧迫感がある。

しかしその腕に閉じ込められることに、今は喜びを覚える。

「月華様……」

喜びをこらえきれずに名前を呼ぶと、月華がわずかに目を見開く。

「そんなに可愛い顔をしないでくれ。優しくしてやりたいのに、難しくなる」

何かを我慢するような顔に、春蘭は思わず手を伸ばす。

「優しくしなくても、大丈夫です」

そのままそっと頬を撫でると、月華の表情に妖しい色香が増していく。

「乱暴にされても、かまわないというのか？」

「だって、こういうことは……激しいものなのでしょう？　それに相手が月華様ならかまいません」

「また、そういうことを……」

困ったように眉を寄せたかと思うと、月華が春蘭の唇を乱暴に奪う。

激しい口づけに戸惑うも、そうされることにも今は喜びを感じる。

(月華様に求められているって感じがして……嬉しい……)

今更のように、彼に触れてほしいと思っていた理由に気づく。

春蘭はずっと、月華に自分を求めてほしいと思っていたのだ。

彼と想いが繋がったものの、それまでずっと春蘭のほうから迫ってばかりいたから、心のどこかではまだ不安だったのかもしれない。

「……春蘭……ッ」

激しい口づけの合間に呼ぶ声には、春蘭への愛おしさが満ちている。

だから不安は消え、春蘭もまたそれに応えようと必死になった。

舌を絡めながら月華の衣をぎゅっと握りしめていると、月華が春蘭の太ももをぐっと押し広げる。

同時に何か硬いものが、春蘭の襞をこすり上げた。

それが月華のものだと気づくより早く、隘路《あいろ》の入り口をぐっと押し開かれる。

「……ッ、ん、あっ……」

丹念にほぐされてはいたけれど、挿入の痛みは予想以上だった。

「痛むか……？」

「大丈夫…です……」

本当はすごく痛かったけれど、ここでやめてほしくなくて嘘をつく。

眉間にしわを寄せる表情から、月華は春蘭の嘘を見抜いているのかもしれない。

でもどうしても先を続けてほしくて、今度は春蘭のほうから月華の唇を奪う。

「……ンッ、月華さ、ま……」

早く来てと訴えるように名を呼ぶと、胸の痣が熱を持つ。

途端に本当に痛みは消え、固く閉じていた隘路がわずかに柔らかくなる。

「なら、一気に行くぞ」

春蘭の変化に気づいたのか、月華が最後のためらいを捨てた。

「……っ、あぁッ！」

一気に中を穿《うが》たれ、春蘭は激しさのあまり身体をしならせ身悶える。

痛みはなかったものの、あまりの圧迫感に息が詰まった。

「すまない、苦しいか……？」

息を乱す春蘭をなだめるように、月華の手が彼女の頭を撫でる。

「平気……です……」

「無理はするな」

「本当です……。すごく、嬉しい……」

苦しいけれど、そのぶん月華と繋がっている実感を覚え、それが何よりも幸福だった。

その言葉に月華はほっと息をつき、それからそっと春蘭の唇を奪う。

「なら、ゆっくりと動くぞ」

春蘭が頷くと、月華が腰を動かす。

最初は労《いたわ》るようにゆっくりとだったが、春蘭が痛みを感じていないと気づいたのか、次第に腰つきは激しさを増す。

「あっ、すごい……あッ、ああ……」

圧迫感に慣れ始めると、月華に中を穿たれるたび春蘭の身体の奥から大きな愉悦が生まれ始めた。特に隘路の中に隠された感じる場所を彼の先端が抉《えぐ》ると、あまりの心地よさに嬌声《きょうせい》がより大きくなる。

蜜もあふれ始め、春蘭の甘い悲鳴とぐちゅぐちゅという淫らな水音が重なり合う。

「ああ、そなたの中は……素晴らしい……」

「あっ、本当……、ッに……？」

「素晴らしすぎて、我を忘れそうだ……」

ならいっそ忘れてほしい、自分に溺れてほしいと願うと、再び痣のあたりが熱くなる。

幻影香があふれてしまうのではと一瞬身構えたものの、あの甘い香りは漂ってこない。

それにほっとしていると、月華がぎゅっとより強く春蘭を抱きしめた。

そうされるとまた痣がうずいたが、鼻腔をくすぐるのは春蘭が大好きな月華の香りだけだった。

「ああ、ッあ、はげ、しぃ……ッ」

腰つきも激しさを増し、月華の男根が春蘭の中を激しくかき回す。

涙がこぼれるほど強い愉悦があふれ、気がつけば絶頂はもうそこまで迫っていた。

それは月華も同じだったのか、彼のものがどんどん逞しさを増すのを感じる。

今にもはち切れんばかりの屹立は春蘭の子宮の入り口を激しく叩き、それが絶頂の合図となった。

「ッ――――!!」

声にならない悲鳴を上げ、まず春蘭が上り詰める。

ほぼ同時に月華もまた極め、彼の熱が中へと注がれる。

思考が白く焼け、春蘭は法悦の中でしばし自分を見失った。ガクガクと身体を揺らしながらも、彼女の心は快楽の波にもまれて散り散りになっていく。

「……月華、さま……」

だがそれでも、無意識に春蘭は愛おしい男の名を呼んでいた。

「ああ、俺はここにいる」

春蘭の呼びかけに答えるように、月華は小さな身体を優しく抱きしめる。

意識はないに等しかったけれど、続いて降りてきた口づけが春蘭の胸に幸せを運ぶ。

(好き、大好き……)

言葉にならない想いを胸の中で繰り返していると、春蘭のまぶたがゆっくりと降り始めた。絶頂の余韻がさめないまま、春蘭の意識は愉悦の向こうからやってきた眠気にさらわれかける。

(また……眠りたくないのに……)

この幸せの中にまだいたいと思い眠気をこらえようとするが、月華の大きな手に頭を撫でられたせいで意識が遠のいてしまう。

「無理せず休むといい」

「でも、寝たら……」

　今までの出来事が夢のように消えてしまうのではと言おうとしたが、口は上手く動いてくれない。

「案ずるな、これで終わりではない」

　けれど春蘭の言いたいことを察してくれたのか、月華が優しくなだめてくれる。

「これからは、俺もそなたをまっすぐに愛そう」

　優しい声と共に額に柔らかなものが押し当てられる。

　それが唇だと気づく間もなく春蘭の意識は眠りに誘《いざな》われたのだった。

第五章

『これからは、俺もそなたをまっすぐに愛そう』

月華の逞しい腕に捉われながら、耳元でそっと囁かれる。

顔を上げればそこには月華の優しい微笑みがあった。

思わず目を奪われているとそっと顔が近づいてくる。それが口づけの訪れだと察し、春蘭は慌てて目を閉じる。

「ッ――――!!」

だが直後、春蘭はゴンッという音と痛みに飛び起きた。

「……あ、れ？」

途端に幸せな光景は霧散し、すぐ側にいたはずの月華もいなくなる。

幸せな夢から一転、目の前に見えているのは寝台の足である。

打ちつけた額を押さえながら身体を起こすと、そこは月華の寝室だった。

部屋には春蘭一人きりで、月華はもちろん幽鬼の気配さえない。

「もしかして、全部夢……だった？」

そっと身体に触れてみると、この部屋に来たときと同じ衣を春蘭は纏っている。

髪飾りは外れているものの、乱れたところは何一つない。

「……っていうか、頭痛い……」

先ほど打ちつけた額ではなく、その奥のほうがズキズキと痛む。

二日酔いによく似た症状だと思っていたところで、春蘭は少し離れた場所にまとめられている酒瓶の山に目を留めた。

「そうだ、私……この部屋で飲んで……」

酔って月華に迫り、そのあと念願叶ってようやく彼と繋がれたと思っていたが、正直あれが夢だったのか現実だったのかはっきりしない。

(身体は重いけど、お酒のせいって気もするし……)

いったいどっちなのかと、春蘭は頭を抱えたままうずくまる。

そのままうんうん唸っていると、不意に部屋の扉が開く。

「おい、具合でも悪いのか……？」

部屋に入ってきた月華は手に粥の載った膳《ぜん》をひっくり返しそうな勢いで迫ってくる。そんな彼を見て、春蘭は慌てて立ち上がろうとする。

「……あっ！」

腰が立たず、そのままへたり込んでしまった。

膳を床に置いた月華が慌てて春蘭を抱え込み、そのまま寝台に座らせる。

「やはり昨日は無理をさせすぎたか……」

「無理……？」

「まさか、覚えていないのか？」

問いかけになんと答えるべきか迷う。だが黙っていると月華の顔にはみるみる落胆が広がり、このまま見ていることはできなかった。

「す、すごくいいことがあったと思うのですが、だからこそあれが夢だったのか現実だったのか判断できなくて……」

それにちょっと二日酔いで……と情けないことを繰り返していると、月華が小さく吹き出す。

「あれだけ飲めば仕方ない。むしろ火炎酒を飲んで、起き上がれるだけすごい」

「そんなに強いお酒だったんですね」

「だから酔い冷ましにと胃に優しい粥を持ってきた」

「な、何から何まですみません！」

「そなたは俺の恋人なのだ、当たり前だろう」

そう言うと、夢の中のように月華の顔が近づいてくる。

思わず目を閉じると、先ほどとは違い唇に優しいぬくもりが重なった。

「それに俺もそなたをまっすぐに愛すと言っただろう。だからこうして世話を焼いたり、甘やかしたりしたいのだ」

口づけに重ねて甘い言葉まで告げられ、春蘭は昨晩のことが夢ではなかったと理解する。

「夢じゃなかったけど、夢みたい……」

「ようやく、そなたとこうして過ごせるようになったのに夢になったら困る」

月華の声はいつになく甘く、向けられた眼差しはあまりに優しい。

だからこそ叫び出したいほどの喜びがあふれ、春蘭は思わず手で覆った顔で天を仰いだ。

「ど、どうした、吐きそうなのか？」

「叫びそうなんです、あまりの感動で」

「そ、そこまでか？」

「だってずっと、ずっと……月華様と甘い時間を過ごせたらと思っていたので」

「それをいうなら、俺もだ」

再び降りてくる口づけを受け止めると、春蘭は月華に勢いよく抱きつく。

今までならすぐ逃げられるところだが、彼は春蘭をしっかりと抱き留めそれどころか口づけを深めてくる。

(う、嬉しいけど……ちょっと激しい……)

彼の口づけは巧みで、春蘭は受け止めるだけで精一杯だ。

あおるように抱きついてしまったのはこちらだけれど、いざ激しく貪《むさぼ》られると途端に腰が引ける春蘭である。

「……ンッ、ま……って……」

息苦しさに喘げば、ようやく月華の口づけが止まる。

「すまない、激しくしすぎた」

「いえ、私が……上手く対応できないのがいけないんです……」

月華に口づける妄想はたくさんしてきたはずなのに、いざ彼を目の前にするとなかなかままならない。

(それに、なんだか月華様は口づけも触れ合いもお上手な気がする……)

だってちょっと唇を重ねただけで、こんなにも気持ちがいいのだ。

昨晩だって春蘭が痛まぬようにと手を尽くしてくれたし、隘路をほぐす手つきは手慣れているようにも思えた。

「でもずるいです。お互い初めての相手のはずなのに、月華様は何事もそつなくこなしてしまう」

「いや、わりと必死だ」

本当だろうかと疑っていると、月華がわずかに頬を赤らめる。

「だがまあ、色々と本を読ませられたり、練習もさせられたからな」

「練習？」

「狼太公に無理やりさせられたのだ」

その言葉に、ふと頭をよぎったのは月華の相手をする狼太公の姿だった。

「……私より上手そう」

「おい待て、今とんでもない妄想をしただろう」

「え、でも九狼様と練習なさったんですよね？」

「狼太公はあれこれ口出しするだけで、俺の相手は人形だ！」

それも凄まじく不細工な……と、苦虫をかみつぶしたような顔で月華が言う。

「狼太公手作りの、なんとも珍妙な人形相手に、思い出したくもない練習をさせられたのだ」

「それは、大変でしたね……」

練習の内容はよくわからないが、あの九狼のことだから月華は苦しむ羽目になったに違いない。

「もう、冥々《めいめい》ちゃんとのことは思い出したくもない……」

「もしや、それがお名前ですか？」

「名前を呼ぶのも練習だと言われ、狼太公がつけた」

「呼んだんですか？」

「呼ばされた」

「本格的ですね」

「まあさすがに、それ以外は服を脱がせたり抱きしめる程度のことしかしていないが、それでも手順だけは覚えた」

　おかげで昨晩は多少冷静になれたと言いつつも、浮かない表情を見る限り『練習』は本当につらかったのだろう。大きな身体がちょっと小さくなってしまっているように見え、春蘭はついよしよしと背中を撫でる。

「でも無駄にならずにすんでよかったじゃないですか」

「だがもしそなたがいなければ、俺が抱きしめたのは冥々ちゃんだけになっていたかと思うと、複雑だ……」

「そう言われると、冥々ちゃんにちょっと嫉妬《しっと》してしまうかも」

「愛を持って抱きしめたのは、そなたが初めてだぞ」

「冥々ちゃんには愛はなかったんですか？」

「木の棒と布で作られた人形だぞ、愛があるわけがない」

確かにそれは、恋人役としては少々つらいところがありそうだ。

「よくそれで頑張りましたね」

「人間の女性で練習するか冥々ちゃんかのどちらかを選べと言われて、渋々な」

「月華様は、人間嫌いですしね」

「だから、そもそも練習する意味がないと思っていた」

月華は自嘲《じちょう》の笑みを浮かべる。春蘭はそっと彼の手を握った。

「そういえば、月華様はいつから人がお嫌いになったんですか？」

尋ねると、彼はわずかに目を伏せる。

その表情に春蘭は失言に気がついた。

今まではあまり踏み込みすぎないよう、月華の過去に関する質問は控えていたのに、つい疑問が口からこぼれてしまったのだ。恋人になったことで浮かれすぎていたのかもしれないと反省し、春蘭は慌てて月華の手を放す。

「申し訳ございません、立ち入りすぎました……」

「いや、よいのだ。別に隠しているわけでもない」

頭を下げようとしたが、一度離れた手を月華のほうからもう一度握りしめられる。

「ただ少し重い話になる故、普段はあまり口にしないだけだ。でもいずれ、そなたには俺や雹華の事情を告げるべきだと思っていた」

親指で春蘭の手の甲を優しく撫でながら、月華は笑う。

「俺が人を嫌うようになったのは、人が醜く争い、滅ぶ様をこの目で見たせいだ。夜叉王として、そして俺個人として人の浅ましさをずっと見てきた」

それから言葉を選ぶように、彼はゆっくりと語り出した。

「中でも一番醜いと思ったのは、俺の一族たちだ。俺は神仙の血を引くと、前に話しただろう」

「はい、だから月華様も神器を作れるんですよね？」

春蘭の言葉に、月華は静かに頷く。

「俺の一族は森の奥の隠れ里に住み、神器を作ることを生業《なりわい》にしていた。神器はそなたに送った文箱のように不思議な力を持ち、だからこそ真に必要とした人にだけ与えるものだと言われてきた」

月華はその一族の中で、唯一神器を作る力を持っていたのだという。

「だが俺が生まれた頃には、そうした教えを守る者は少なかった。神器は富を得るための道具となり、それを作り出せる俺は屋敷の中に囚われてきた。両親からも引き離され、祖先の残した特殊な高炉《こうろ》だけがある部屋で、ずっと神器を作り続けてきたのだ」

「たった一人？　雹華や九狼様も側にはいなかったのですか？」

「雹華はまだ幼く、あの頃の狼太公は我が一族とは距離を取っていたのだ。元々神器は、人の暮らしを豊かにするためのものだったが、我が一族は戦争に利用できるような代物ばかりを作っていた。そのほうが金になるからという考えだったようだが、そうしたやり方が狼太公は我慢がならなかったのだろう」

九狼を除けば、当時神器を作る力を持つのは月華だけで、一族の大人たちはこぞって彼の力を利用した。

「神器は、神仙の力を持つ者が念と気を高炉に送ることで完成する。それには集中力が必要なため、邪魔が入らぬようにと、たった一人で屋敷の奥深くで常に作業をするように言われた。思えばあの頃から、俺は引きこもっていたのだな」

重くなりかけた空気を払うように月華は笑ったが、それが本当なら彼の幼少期は幸せなものではなかったのだろう。

「家族にも会えず寂しかったが、それが一族の宿命だと、力を持つ者の義務だと教えられていた。自分は神器を作るために生まれた存在であり、それ以外を望まぬようにと周りの大人から言い聞かされていたんだ」

「でもそんなのって、ひどすぎる……」

「確かにひどい話だな。しかし、そういう非道がまかり通る一族だったからこそ、悲劇が起きた……」

言葉を切り、月華は大きく息を吐く。

「俺が作る神器を、一族の者は自分たちの利益のために売りさばき、私腹を肥やした。しかし神器はそもそもが人の手に過ぎたもの、特に戦乱の世では争いの火種になる」

だからこそ真に必要とする人にだけ与えるようにという教えがあったが、その教えを月華の一族は守らなかったのだと、彼は重い声で言った。

「ある日神器を求めた賊《ぞく》が現れ、一族の住む里を襲ったのだ。里は焼かれ、神器の大半はその争いで焼け、両親を含む一族のほとんどは里を襲った連中に殺された」

あまりのひどさに、春蘭はかける言葉がなかった。

「更にひどいのはここからだ。なんとか逃げおおせたものの、生き残った者たちは誰が一族をまとめるかで見苦しい争いを始めたのだ。賊に長《おさ》が殺されたため、皆が空いたその座につこうとそればかりを考えていた」

結束すべきときであったにもかかわらず、彼らはそうしなかった。そして神器を作れる月華を誰が得るのかと争い、ついには武器まで持ち出したのだという。

「争いは殺し合いにまで発展した。俺と雹華は逃げ出したが、結局それが一族の者たちを見た最後だ」

「では、その戦いで皆……」

「死んだのだろう。彼らは獣のように喚《わめ》き合い、もはや正気ではなかった」

極限の状況が彼らをおかしくしたのか、元々正気ではなかったのかわからない。

だが彼らは醜い争いをやめられず、死んだのだと月華は告げる。

「雹華も、逃げる際に命に関わる傷を負《お》ってしまった。俺はなんとか街に行き、助けを求めたが、手を差し伸べてくれる者は誰もいなかった。そのとき見た人々の冷たい顔も、俺が人間に愛想が尽きた一因かもしれないな」

遠い目をする月華の横顔を見て、春蘭は安易に過去を尋ねたことを悔いた。

「つらい過去を思い出させてしまい、申し訳ございません……」

「いいのだ。……それに、こうしたひどい光景を、俺はその後も何度も見てきたから、慣れてしまった」

彼は再び遠くに目を向ける。

「人に見放されたあと、騒ぎを聞きつけてやってきた狼太公に俺たちは保護された。だが雹華の傷は深く、共にあるためには儀式を行い彼女を幽鬼にするほかなかった」

「儀式？」

「生きた人間を幽鬼にする特殊な儀式があるのだ。と言っても、特殊な薬を飲み魂を特別な神器に移すというものだが、その器を作るのと引き換えに狼太公は俺に幽鬼の国を治める王となることを望んだ。たぶん彼は、俺の存在が人の世を惑わすことになると考え、幽鬼の国にとどめておくほうがいいと考えたのだろう」

それを察し、月華も雹華と共にこの国にとどまることにしたのだと言う。

「ここで幽鬼たちを治めつつも、俺はまだどこかでは人の世に未練があった。だから時折人の国に赴《おもむ》き、必要とあれば神器を用《もち》いて人を救ったが、その結果人々は『夜叉王』を便利な道具や救世主として見るようになっていった」

世の中に争いが起きると、人々は安易な同盟を持ちかけてきた。

人を殺すため、その力と幽鬼の兵を貸してほしいという者は後を絶たなかった。

「中には命を助けたその人が、別の誰かを殺すのを手伝ってほしいとやってくる。そういうことが幾度となく繰り返されるうちに、俺はすっかり人間というものが嫌になってしまったのだ」

だから最近は、滅多に願いを聞き届けないのだと、月華は言葉を結んだ。

(そんなことが繰り返されていたら、人間が嫌になってしまうのもわかる気がする)

それでも彼は優しいから、春蘭のように困っている人を捨て置けない。その善意につけ込み、利用しようとした人はきっと数え切れないほどいたのだろう。

「そなたのような優しい人もいるとわかっていても、俺はもうすっかり臆病になってしまってな。情けなくも、最近はずっとここに引きこもっているという次第だ」

「月華様は臆病ではありません。身に起きたことを思えば、当然の考えです」

「そう言ってくれると、少し救われる」

口ではそう言うが、彼はきっと自分のことを恥じているのだろう。

それが見ていられなくて、春蘭は月華の手を力強く握った。

「それに引きこもりでもいいじゃないですか。身勝手な人間に手を貸す必要はないですし、あなたはここで立派に国を治めている」

そうでなければ、この国はこんなに平和で豊かではないだろう。

出会った幽鬼たちは皆幸せそうだったし、月華はよき王だと口々に言っていた。

「ここで出会った幽鬼たちは皆月華様に感謝していましたし、生きていた頃より幸せだと、私の侍女も言っていましたよ」

「元来、幽鬼とは生前に未練を残した者がなる。大抵生きていた頃は不幸だったから、そう思うのだろう」

「だとしたら余計に、死後に幸せを与えている月華様は素晴らしいと思います。それに幽鬼だけでなく、月華様は私とイーシン国を救ってくださったでしょう？」

それどころか、夜叉王には様々な国や人を救ったという話がたくさんある。

「本当に人を憎み、関わりを絶ちたいと思うなら、人間の使者たちをこの国に立ち入らせないようにできるはずです。でもあなたはそれを拒まない」

使者たちの前には出ないが、彼は毎回彼らの望みを確認しているという。

真に助けを求める者がいれば、夜叉王として力を貸していた。

「王として、幽鬼だけでなく人だって救っている。だから月華様は自分を卑下《ひげ》せず、もっと胸を張って生きていくべきです」

現に自分は救われたと伝えたくて、春蘭はより強く月華の手を握った。

すると彼は、その手を引き寄せ春蘭を抱き寄せる。

「そんなことを言われたのは、初めてだ」

「でもきっと、皆も同じことを思っていると思いますよ」

この国に住む幽鬼たちは皆月華に感謝しているし、それを彼に伝えたいという声も何度も聞いた。

「だからある意味では、少しお外に出たほうがいいかもしれませんね。あなたに感謝を伝えたい者はたくさんいると思いますし、外に出ればその声があなたに届くかも」

「そなたが言うなら、少しくらい外に出るのも悪くないかもしれないな」

「ならまた、二人で街に出かけましょう」

笑顔で誘えば、月華が優しげに目を細めた。

その顔に憂いはなく、どうやら少しは彼の心を軽くできたようだ。

そのことにほっとしていると、いつも通りの笑顔を取り戻した月華が重なった手を持ち上げる。

「ならば、久々に街に出て、甘味でも食べに行こうか」

いつもの笑顔を取り戻した月華の誘いに、春蘭は思わず「わぁ」と声を上げる。

「いいんですか?」

「当たり前だろう。そなたと共に出かけたい店は、まだまだある」

そんなことを言われると、喜びのあまり今すぐにでも出かけたい気分になる。

だが急いてしまう気持ちとは裏腹に、足腰はまだ重い。

(でも、月華様のお仕事が終わった頃になら普通に歩けるようになっているかしら)

そうなっていたら久々に二人で出かけられるだろうかと思案していると、月華が小さく吹き出した。

「こういうときのそなたは、考えがすぐ顔に出るな」

「で、出ていました？」

「立てるようになったら、さっそく出かけたいと思っていたのだろう？」

図星をつかれ、春蘭は驚く。

「今日は休んでいたほうがいい」

「でも、きっとすぐ動けるようになります」

初めての行為で身体が痛むものの、どちらかと言えば二日酔いのほうがだるいと感じるくらいだ。だが元々酒に強い春蘭はしばらくすれば酔いも醒める。

「だから、大丈夫です」

「いや、大丈夫ではない」

「けど、月華様と出かけたいです」

「俺も同じ気持ちだ。だが、まだしばらくはそなたをここから出したくない」

昨晩の行為を思わせる手つきで月華が春蘭の頬を撫でた。途端に腰の奥がわずかにうずき、春蘭は頬を赤く染める。

「ほら、その顔だ」

「か、顔……？」

「今のそなたには、まだ昨晩の名残がある。それを、誰にも見せたくないのだ」

そう言う月華のほうも、春蘭を見つめる顔には危うい色気が漂っている。

「げ、月華様こそ……漏れてはいけない色気がダダ漏れです」

「色気など出していない。ただそなたを見つめているだけだ」

「無自覚なんて、余計にたちが悪いです」

「それを言うならそなたもだろう。見つめ合っているだけで、またその唇を奪いたくなる」

別に奪ってもいいのにと、思わず考えてしまったのがいけなかった。

「もう少し、健康的な朝を過ごすつもりだったんだがな」

月華の瞳がわずかに細められた直後、彼に食らいつくように口づけられる。

「……んっ、ま、って……」

そうされると改めて昨晩のことが色濃く思い出されて、酔いがいっぺんに吹き飛んでしまう。

「や、やっぱり、夢じゃ……なかった……」

長いキスが終わったあと、息を乱しながら春蘭がこぼす。

「まだ、夢だと思っていたのか？」

「げ、現実だということは思い出したのですが、それが急に鮮明になってきて……」

「つまり、昨晩俺に何をされたかはっきりと思い出したのだな」

頬を撫でていた指先が、首筋をたどる。昨晩の行為をなぞるような指使いに、春蘭は顔を赤くした。

「やはり、今日のそなたはすぐ顔に出る。これは外に出せないな」

「月華様が、そんなふうに触るからです」

「別に普通に触っているだけだ」

「や、やっぱり無自覚ですか!?」

思わず首を押さえながら月華の顔を見ると、彼は小さく首をかしげている。

相変わらず目元には妖しい光があるが、これは本気で気づいていなそうだ。

「月華様が、こんな方だったなんて……」

「俺は、何か幻滅されるようなことをしたか？」

「その逆です！　恋人にはこんな甘くて、素敵で、色気がダダ漏れで、見ているだけで胸が乱れるような顔をされる方だなんて思わなかったんです！」

彼の色気と甘い雰囲気に気圧《けお》され、逃げ出したいような気持ちさえ今は覚える。

「それは、褒め言葉だと受け取っていいのか？」

口角を上げ、春蘭を見つめる笑みにはさらなる色気が満ちている。

「褒めてはいますが、もう少しその色気を引っ込めてほしいです」

「出している自覚がないので引っ込めようがない」

「じゃあもう少し情けない月華様に戻るとか……」

「情けない男ではそなたを満足させられないだろう」

確かに、昨日まではもっと迫ってほしいと思っていたが、これはこれで危険すぎると春蘭はうめく。

(なら、私が慣れるしかないのかしら。……でも今までと別人すぎて、直視できない)

乱れたままの胸を押さえながら、春蘭は大きく息を吐く。

「わかりました、頑張って慣れます。でも月華様も、なるべく普通にしてください」

「普通がよくわからないが、善処しよう」

そう言うとようやく月華は春蘭から手を放し、床に置いていた粥を取り上げる。

「とりあえず、朝食にしよう。今日は俺が、そなたに給仕する」

「で、でも朝は私が……」

「作る元気はさすがにないだろう。それに実を言うと、俺もそなたの世話を焼いてみたいと思っていたのだ」

だからたまには立場を交換しようと月華は笑う。

提案は嬉しいものの、月華は粥をすくったさじを春蘭に突き出してくる。

「じ、自分で……」

「やりたい」

いつになく力強く宣言する月華の目は妙に輝いている。色気は多少収まったものの、彼に食べさせてもらうなんて夢のようで春蘭はクラクラしてくる。

「さあ、口を開けてくれ」

やっぱり声には甘さが満ちていて、春蘭は思わず手で顔を覆った。

(幸せすぎて、私死んでしまうかも……)

「おい、それでは食べられないぞ」

(むしろ私、実は死んでいたりする？　月華様にあーんをしてもらえるなんて……！　もらえるなんて……!!)

「春蘭？　どうした？」

身悶える恋人に月華が首をかしげる。

その姿にさえ「尊い！」と感極まってしまい、春蘭は月華に初めて食べさせてもらった粥をじっくり味わうことができなかった。

◇◇◇　◇◇◇

結局、春蘭は月華の豹変《ひょうへん》ぶりに鼓動と呼吸を乱し続け、初夜の翌日は悶えることしかできなかった。

ようやく冷静になることができたのは次の日で、月華の一挙一動に未だ身悶えつつも、ついに彼と街へ出かけることになった。

「おいで」

街につくなり、霊馬から春蘭を下ろそうと腕を伸ばす月華はやはり甘い。

「最初のときとは、別人みたい……」

「最初のときも、こうしてそなたを馬から下ろしただろう」

「あのときはおっかなびっくりでしたし」

「確かに、情けないところを見せた気はするな」

でももう見せないと、笑いながら月華は春蘭を抱き上げ馬から下ろしてくれる。

それどころか風で乱れた髪を、彼はさりげなく指で直してくれた。

（こういうところ……こういうところよ!!）

さりげない優しさと甘い視線に、春蘭は思わず身悶える。

（こういう場面を夢見てきたけど、想像以上すぎる……！）

月華と恋人らしく触れ合う妄想は散々してきたけれど、現実の彼はそれを軽々と超えてくる。自然と手を繋ぎ指まで優しく絡められると、春蘭の顔はついにやけてしまう。

「むしろ、私のほうが普通にしないとまずいかも……」

「普通ではないのか？」

「だって、顔がものすごくにやけてしまっています」

「確かに表情がいつになく柔らかくて、可愛いな」

「ま、またそういうことを！」

もっとにやけてしまうじゃないかと慌てて頬を押さえていると、月華がその手をどけさせる。

「可愛い顔を隠さないでくれ」

「だって、本当に締まりのない顔になっているんです」

「そこもまた可愛いから大丈夫だ」

「大丈夫じゃないです。お面……お面とかどこかで売ってないかしら……」

本気できょろきょろ辺りを見回していると、乗ってきた霊馬が呆れたように嘶いた。

「こやつにも笑われておるぞ」

「うう、だって……こんなにやけ顔で街を歩けない……」

「なら俺の腕に縋りついていればいい。袖で多少は顔が隠れる」

　春蘭はぎゅっと月華の腕に縋りつく。

「密着しすぎてドキドキしますけど、これなら月華様の凜々しいお顔を見ずにすむので安心かも」

「俺は顔が見たいが、そなたが挙動不審になるならしばし我慢しよう」

「挙動不審を通り越して不審者になりそうなので、これでお願いします」

　腕や身体だけでなく、顔まで月華の腕に押しつけている自分は既に不審者かもしれないが、彼にくっつけるのは素直に嬉しいので不名誉は甘んじて受け入れようと春蘭は考える。

「でも、最初に来たときと立場が逆になったな。あのときは、俺のほうが落ちつきがなかったのに」

　二人で行こうと約束した茶楼へと向かいながら、月華がふと遠い目をする。

「そんな顔をするほど、昔のことじゃない気がするんですけど」

「だが遠い昔のように感じる。それほど、俺が変わったということかもしれないが」

　月華が、ちらりと春蘭を窺った。

「この俺が自らそなたと手を繋いだり、賛辞を口にできるようになるとは思わなかった」

「私も、まさかここまで甘くなるとは思いませんでした」

「そうさせたのはそなただぞ。春蘭に好きになってもらいたい、好きだと伝えたいと思うようになったら、それまでの戸惑いが嘘のように消えたのだ」

「さ、さりげない名前呼び……」

「ん？　嫌だったか？」

「むしろ嬉しすぎるせいで、顔がとんでもないことになっているんです！　だから、今は顔が上げられません！」

月華の腕に顔をぐいぐい押しつけていると、なんとなく事情を察したのか月華が袖を広げて顔を隠してくれる。

「とんでもない顔には興味があるが、きっと可愛すぎるだろうから二人きりのときに見せてもらおう」

「ふ、二人きりでも見せられない顔です」

「でも見たい。だから、二人きりになったらまた名前を呼ばせてくれ」

耳元でそっと懇願《こんがん》され、春蘭は「うぅ」とうめくとより強く袖を顔に押し当てた。

おかげでより歩きづらくなるが、月華は嫌な顔一つせず腕を引いてくれる。

(想像より素敵すぎて心臓がもたないけど、やっぱり……幸せ……)

少し前までなら、こうしてのんびりと外を歩くことすらできなかったのだ。更に隣には最愛の男がいて、甘い言葉や表情を自分だけに向けてくれている。

（幻影香も落ちつけば、誰かの心を乱すこともないし。ようやく普通に暮らすこともできるのね）

そうして月華と穏やかに暮らす未来を思い描きながら、春蘭は微笑む。

――だが幸せな時間は、長くは続かなかった。

【……ならぬ、乱すのは……そなたの……】

不意に不気味な声がどこからか響いたのだ。

突然歩みを止めた春蘭を、月華が怪訝そうに見つめる。

【徒華は……世を……乱さねばならぬ……】

なおも続く声のありかを探ろうと、春蘭は袖から顔を上げた。だが道行く幽鬼たちは誰も春蘭たちに注視せず、隠れてこちらを窺っているような者もいない。

「春蘭、どうした？」

「今、声が……」

「声？」

「声が聞こえませんでしたか？　徒華がどうとかって」

尋ねるが、月華は首を横に振る。

（だとしたら、まさか……）

【そうだ、我はそなたの中に咲く……華だ……】

よりはっきりとした声が頭の中に響くと、胸の痣が激しい熱と痛みを放った。

「……あっ、ぅ……」

思わずその場に膝を突き、掻きむしるように痣を押さえるが、痛みは恐ろしい勢いで増していく。

「春蘭！」

月華は春蘭を支えようと腕を伸ばすが、次の瞬間、不気味な黒い影が二人の間に割り込む。その影によって弾き飛ばされた月華は、側にあった水桶に頭から激突した。当たりどころが悪かったのか、彼の額からは血が流れ、身体からがっくりと力が抜ける。

『華だ……俺の……、俺の……徒華……』

月華を突き飛ばしたのは、若い男の幽鬼だった。幽鬼は古びた鎧《よろい》と剣を手にした大柄な男で、顔には大きな傷がいくつもある。

その顔に、春蘭は見覚えがあった。

（この人……確か……宮殿の護衛の……）

門番を務め、春蘭も前に何度か挨拶をしたことがある。

戦場で亡くなりこの国に流れついたと語る顔には愛嬌があり、顔から常に血が流れているにもかかわらず、恐怖は欠片も感じなかった。

『……徒華、を……我が手に……』

しかし今の幽鬼はそれまでとはまるで別人だ。

ギラギラと光る目が春蘭を見つめ、強い力で春蘭の腕を掴んでくる。

「……は、なして……」

あまりの力に悲鳴を上げるが、幽鬼は春蘭をどこかに連れ去ろうとするように無理やり腕を引く。

それを必死に振りほどこうとしていると、今度は何者かに足を掴まれる。

『……渡さぬ、それは、私のだ……』

振り返ると、そこにいたのはかつて運河で会ったあの不気味な幽鬼であった。

それだけでなく、周囲にいた別の幽鬼たちも、熱に浮かされたような顔でふらふらと春蘭に近づいてくる。それも男だけでなく、女の幽鬼さえ含まれていた。

（まさか、幻影香のせい……？）

幽鬼にまで効果があるのかと啞然としていると、今度は別の手が春蘭の腰や胸に巻きつく。抵抗しようとするが、痣の痛みが強くなり、頭がぼんやりし始める。

【熱と快楽に身を委ねよ。男たちの手の中で乱れ、喘ぎ、より多くの者たちの心を虜にするのだ……】

頭の中に響く声は甘い毒のように春蘭の理性を妖しく蝕《むしば》んでいく。

【そなたは人を惑わし、堕落《だらく》させる徒華……】

（私は……）

【今こそ、華として、淫らに咲き誇れ……】

（わたし、は……、私は……）

春蘭の瞳から生気が消え、美しい唇が蠱惑《こわく》的に歪む。

途端に甘い香りが春蘭から立ちのぼり、側にいた幽鬼たちが獣のように吠《ほ》える。

その恐ろしい声で、春蘭にわずかばかり理性が戻った。

（月華、さま……こわい……）

【お前を、助けられる者などいない】

不気味な声は春蘭を絶望させるように、わずかに戻った理性を奪おうと牙を剝く。

助けを呼ぶ声は言葉にならず、あの甘い香りも強さを増した。

【さあ、華に堕《お》ちよ……】

死の宣告にも等しい声と共に、幽鬼たちが春蘭の衣を剝ぎ取らんと手を伸ばした。

「……ッ！」

だが次の瞬間、美しい笛の音色が春蘭の心を優しく揺り起こした。

同時に、身体に纏わりついた幽鬼たちがふらふらと後退《あとずさ》る。

ようやく自由になった春蘭が音色のするほうへと顔を向けると、そこには美しい横笛を奏でる月華の姿があった。

　額から血を流す月華の顔色は悪いが、音色が乱れることはない。音が連なるにつれ、周囲から幽鬼の姿が消えていく。

（もしかして、あれが……幽鬼を従わせる神器……）

　夜叉王が持つという特別な笛が幽鬼を退けているのだとわかるくらいには、春蘭の理性も戻っている。

【忌々《いまいま》しい……】

　まだ、あの声は頭の中に響いている。

　それどころか人心を乱す甘い香りもまだ絶えていない。

【あの男を狂わせろ、狂わせろ、狂わせろ】

　激しい声に、効果などないとわかっていながらも、春蘭は耳を塞ぐ。

　そうしていれば、声も幻影香も消えるのではと考えていると、側に誰かが駆け寄ってくる気配した。

「やはり、こうなっていましたか」

　月華かと思ったが、側にいたのは鼻と口元を面で隠した見知らぬ男だった。

　背丈は月華と同じくらいだが、男のほうが少し線が細い。切れ長の目元は凛々しいが、口元を隠した鬼のような面が少々不気味だった。

「腕を出してください」

男が春蘭を冷たく見据えている。

従うべきかどうか迷っていると、半ば強引に腕を取られた。しかし先ほどの幽鬼とは違い、男は加減をしてくれている。触れた手は温かく、男が生きた人間だと気づいた。

「少し痛みますよ」

短い声と共に、手首に針のようなものを刺された。

チクリと痛んだものの、途端に痣の痛みと熱が引き、むしろ身体が軽くなる。

「……春蘭！」

ほっと息をついていると、月華が駆け寄ってきた。

近くで見ると出血がひどく、顔も青ざめている。彼が心配なのに、気遣う声は出てこない。痛みや熱はなくなったが、身体に力が入らないのだ。

春蘭がふらついているのに気づいたのか、月華が男をきつく睨んだ。

「宗越、貴様いったい春蘭に何をした」

「そう怖い顔をしないでください。この娘の徒華を大人しくさせただけですから」

宗越という名に、春蘭は思わず男を見る。

目が合うと、彼は口と鼻を覆っていた面を外した。

「久しいですね、イーシンの姫君」

その言葉に息を呑んだのは、面の下から現れた凜々しい面立ちが、九龍大陸平定に王手をかけている若き皇帝のものだったからだ。

最後に彼と顔を合わせたのは二年ほど前で、その頃よりも精悍さが増した面立ちには、どこか冷え冷えとした表情が浮かんでいる。

再会を全く喜んでいないとわかるが、それは春蘭も同じだ。今は兵を引いたとはいえ、宗越はイーシンに侵略を企《くわだ》てた元凶である。

「あなたが、どうしてここに……」

ようやく声が戻り、春蘭はかすれた声で尋ねる。

「こうなることを予測したからです。……思っていたよりも、開花が早くて少々焦りましたが」

「……開花？」

「状況からして、あなたは自らの中に咲く〝徒華〟の声を聞いたはずだ」

宗越の言葉に、春蘭は無意識にこめかみに手を当てた。

「声とはなんだ？　お前は何を言っている」

春蘭に代わって月華が問いかけると、宗越は彼へと視線を向けた。春蘭に向けるものよりは柔らかいものの、その表情はやはり険しい。

「あなたも見たでしょう、この娘が人だけでなく幽鬼の心さえも惑わし乱すところを」

「幻影香のことか？」

「そうです。でもその中でも、この娘の出す幻影香は特に危険なのです」

一呼吸置き、宗越は今一度春蘭を睨んだ。

「この娘は、千年に一度生まれると言われる戦乱の予兆――〝徒華〟の持ち主なのです。私がイーシンを攻めようと決めたのは、この娘を殺すためです」

第六章

〝徒華〟――と呼ばれる悪《あ》しき華。

その華を生み出したのは、一人の仙女であったとされる。

醜い容姿故に疎まれていた彼女は、男の愛を得るための方法を探した。

結果見つけたのが、人心を惑わせる香りを放つ一輪の華だったという。

華の香りを身につけた仙女は、多くの男たちに愛を囁かれるようになった。

だがその華はわずかしか咲かず、香りも長くは続かない。香りが消えれば、瞬く間に消える愛しか仙女は得ることができなかった。

だから仙女は、その華を自らの身体の内で芽吹かせようとした。

華と一つになれば、永遠に愛される存在になれると考えたのである。

仙術を使い、仙女は子宮の中で華を咲かせた。そして男を惑わせる甘い香りを絶えず纏い、華の持つ不思議な力で美しい容姿さえ手に入れた。

とはいえ、華がもたらすのは偽《いつわ》りの愛だけ。仙女と一つになったことで華の力は歪み、更に力を増してしまった。

仙女から放たれた香りは一つの国を覆うほどまで広がり、男たちは偽りの愛と肉欲に心を乱されていく。

彼女を巡って争いが次々に起き、ついには戦争にまで発展するほどのものとなった。

しかし女は、そうした状況をむしろ喜んでいた。

華によって彼女もまた狂わされ、自分のために男たちが争う様を見ることでしか、愛情を感じられなくなっていたのである。

仙女は愛と争いを生み出そうと国々を旅し、各国で大きな争いと混乱を招いた。

結果、その争いに巻き込まれて仙女は死んだと言われているが、彼女の中で育った華は完全に枯れたわけではなかった。

神仙の力で不滅となった華は種を残し、千年に一度人間の女に寄生する。

寄生された女は華の香りを身に纏うようになり、それが男たちの心を乱すのだ。

女の中で完全に華が咲いたとき、この世には再び災いと争いが生まれることが約束されていた。

◇◇◇　◇◇◇

「つまりその華が、春蘭の中にあるとお前はそう言いたいのか」

月華がそう問いかけたのは、突然現れた宗越に対してであった。

街で異変が起きたあと、月華たちは蓬莱宮へと戻ってきた。

傷の手当てをしていた月華と春蘭に、宗越が語り出したのが〝徒華〟と呼ばれる悪しき華の話である。

（徒華……その名は聞いたことがあったが、よもや実在していたとは……）

この世を乱す仙女の話は、昔からこの大陸に御伽噺《おとぎばなし》として伝わっていた。

だがあくまでも御伽噺であり、その中でも徒華の話はかなり印象が薄い。

そのせいで春蘭の体質を聞いたときも、すぐには連想できなかった。

「元々、鳳国は仙女が最初に戦争を引き起こした国だとされています。それ故我が国には徒華の言い伝えが根強く残り、王族には徒華を刈り取る使命も伝わっている」

「つまりお前の使命か？」

「ええ。ですが正直、私も最初は半信半疑でした。人心を乱す華なんてあるわけがないとそう思っていたのです」

言いながら、宗越は春蘭に目を向ける。

「彼女の噂は知っていましたし、最初に会ったときはまさか徒華を宿す者だとは思いませんでした。ですが半年ほど前、偶然イーシンに立ち寄ったとき、私は一瞬この娘の香りに酔わされたのです」

「半年前にも、イーシンにいらしていたのですか？」

尋ねたのは春蘭で、その顔を見るに彼女のほうには覚えがないらしい。

「雹華に会いに、お忍びでイーシンに出向いたのです。親友の妹ゆえ、呼び出しを無下にできず」

それは本当かと問うように、春蘭が月華を見つめる。

「二人は幼馴染《おさなな　じ》みで、大変仲がいい」

「それは語弊《ごへい》があります。あの子が勝手に、私に取り憑《つ》いてくるだけです」

宗越は不服そうな顔をするが、月華は二人は仲がいいと思っている。

(宗越は春蘭が雹華の親友だと知っているはずだ。そんな相手にこんなにも冷たい表情を見せるということは、彼の言うことは本当なのかもしれない……)

そう思うと、気が重くなる。

同時に、月華は宗越の言葉が気になった。

「……香りに酔わされたというが、まさか春蘭に心を？」

「一瞬ですが、奪われました」

「では、彼女を得るために戦争を仕掛けたという話は誠だったのか？」

尋ねると、春蘭が「えっ？」と小さく息を呑む。

そういえばこの話は春蘭にしていなかったと月華は気づいたが、既に遅かった。

「此度《こたび》の戦争は、私が原因だったのですか……？　ならばなぜ、言ってくださらなかったのですか」

咎めるような声に、月華は思わず慌てる。

「言わなかったのは、確証がなかったからだ。宗越がイーシンの姫を求めているという噂はあったが、彼が色恋から争いを起こす男だとは思えなかった。それに、確証がないことでそなたを不安がらせたくはなかったのだ」

考えを素直に伝えたものの、春蘭はまだどこか不満そうだ。

「だとしても、私が関わることでしたら知りたかったです」

「今度からはそうする」

なだめるように頭を撫でると、春蘭は納得してくれたらしい。

それにほっとしてから宗越に視線を戻すと、冷めた顔をする彼と目が合う。

「なんだその顔は」

「あなたの、そんな締まりのない顔を見るのは初めてでしたし、私の話を全く聞いていないようでしたので呆れています」

「話なら聞いている」

「聞いていないでしょう。その娘の中には徒華があると、そう言ったはずです」

険しい顔になり、宗越は先ほどつけていた面を取り出した。

「特別な装備があったゆえに事なきを得ましたが、あの香りは容赦《ようしゃ》なく男を引き寄せ乱心させるものです。そしてそれは生きた人間だけにとどまらない」

「では、幽鬼たちの様子がおかしくなったのは……」

「徒華のせいでしょう。華の開花が迫り、その力が強まっているに違いありません」

「だがあの華の香りは抑えられると聞いた。愛し合う相手がいれば――」

「残念ながら、徒華はそう容易《たやす》く抑えられるものではないのです」

容赦のない言葉に、月華と春蘭は同時に息を呑む。

「華は枯れない限り、幻影香を放ち続ける。華が枯れるときは、宿主が死ぬときだけです」

「では、また今日のようなことが起こると？」

「今日の騒ぎどころではありません。幻影香の効果は広がり、国中の幽鬼が心を乱すことになるでしょう」

宗越はほんの少しだけ痛ましそうな顔をする。

「特殊な薬で一時的に華を沈静化させましたが、もって一月です。薬が切れれば、また幻影香があふれ出す」

「だが俺の笛があれば幽鬼たちを鎮めることはできる」

「幻影香は幽鬼よりも早く人に影響が出る。笛を操るあなたがおかしくなったら、いったい誰が止めるというのです」

問いかけに、月華は言葉を返すことができなかった。

実際、既に一度月華は我を失っている。

今日は自分を保っていたが、それが今後も続くかと問われれば自信がない。

（だが、もしそれを認めれば……）

春蘭が危険だと認めるも同じだ。何も言えず押し黙っていると、不意に春蘭が月華の手を握った。こんな状況にもかかわらず、彼女の美しい顔には笑みが浮かんでいる。

「そんな顔をしないでください。あなたやこの国に、ご迷惑はおかけしませんから」

「俺は、そなたを迷惑だなんて思っていない！」

「でも宗越様のお話が本当なら、私は災いの種になりかねません」

諭《さと》すように、春蘭が月華の手をぎゅっと握りしめる。

春蘭は見ているのがつらくなるほど明るい笑顔を見せた。

「ここに来てから、色々と上手くいきすぎだなと思っていたんです。……ずっとこの体質に悩まされていたのにそれが急に消えて、この状況がずっと続くなんて都合がよすぎないかなって」

「春蘭……」

「心のどこかでそんな奇跡は続かないって思っていたし、そのときは……月華様にご迷惑をかけるときはちゃんと弁《わきま》えようって思っていたし……」

「春蘭！」

欠片も悲壮感《ひそうかん》を見せない姿が痛ましくて、月華は彼女の言葉を遮った。

「そのような、悲しいことを言うな。宗越がなんと言おうと、俺は徒華に狂わされたりはしない。その華のことも、どうにかしてみせる」

笑顔を張りつける春蘭の頬に手をそえ、無理をするなというようにそっと撫でる。

すると彼女の顔が歪み、大きな瞳が悲しげに揺れた。

「俺は今まで、様々な神器を作ってきたし狼太公もいる。だからそなたを、なんとしても守り抜く」

最後の言葉は自分自身と、そして宗越に向けてのものであった。

この友人は月華同様、幼い頃から人の争いによって人生を狂わされてきた身だ。引きこもった自分とは違い、争いをなくすためにとあえて修羅の道を選び、九龍統一という大事をなそうとしている。

時に苛烈《かれつ》で冷酷な選択を選ぶこの男が、春蘭の中に徒華があると知って何を考えたかは想像に難《かた》くない。

だから月華は宗越に、夜叉王として宣言する。

「春蘭は夜叉王の花嫁だ。彼女に仇《あだ》なすならどうなるか、わからぬお前ではあるまい」

夜叉王の印である幽鬼を操る笛を取り出し、宗越に向けた言葉は宣戦布告に等しい。

宗越はわずかに目を見張り、それからじっと月華を見つめる。

「今の言葉は、徒華に言わされたわけではないでしょうね」

「俺自身の言葉だ」

「本当に？」

「信じろ。俺は心の底から春蘭を愛し、守りたいと思っている」

より力強く宣言すると、ようやく友の中から鋭さが消えた。

「正直信じろと言われても無理ですよ。人嫌いを拗らせすぎて、女子を見れば逃げ回っていた友人が、まさかたった一人のためにここまでするなんて思いもしませんでした」

表情も穏やかになり、宗越本来の柔らかさが声や表情からにじみ出す。

「それにまるで恋人のようなやりとりまでしていましたし、正気かと疑っていました」

ついでに月華をからかう一面までもが、顔を出しているようだ。

いつもの友が戻って安堵する一方、失礼な物言いに反論せずにはいられない。

「恋人と、恋人のようなやりとりをすることのどこが変なのだ」

「そもそも、あなたに恋人ができたことが不思議でなりません」

宗越は春蘭へと目を向ける。先ほどよりは穏やかな視線だが、探るような目つきに春蘭がわずかに臆しているのがわかる。

「あまりじろじろ見るな、春蘭が怯える」

「いや、ですが引きこもり夜叉王をどう落としたのかと気になりまして」

『だったら私が、教えてあげましょうか』

突然割って入った声は雹華のもので、途端に宗越の表情がぎこちなく固まった。

その姿は見えないが、たぶんずっと隠れて聞いていたのだろう。

(だとしたら、先ほどの話にそうとう怒っていそうだな)

月華の読みは当たり、次の瞬間宗越が突然地に伏せた。

『でもその前に、あなたにはお仕置きが必要ね』

「こ、こら……おやめなさい……！」

見れば倒れた宗越の上に乗った雹華が彼の首に腕を回し、ギリギリと絞め上げている。

そうしたやりとりは月華には見慣れたものだが、初めて見る春蘭は唖然とした顔で固まっていた。

だがそれも無理はない。なにせ雹華が絞め上げているのは、まだ若いとはいえ強大な帝国の皇帝である。

『春蘭にひどいこと言うし、その上私に挨拶もないなんて許せないわ！』

「あ、あなたに会う前に帰るつもりだったので……」

『余計にひどいから、いつもより強めに絞めておくわね』

首を絞めているとは思えない笑顔で言い放つ雹華に、宗越は顔を伏せたままバンバン床を手で叩いている。降参の合図なのだろうが、雹華はそれを華麗に無視していた。

「あ、あの……助けなくて大丈夫ですか？」

見かねた春蘭に袖を引かれたが、問題ないと月華は頷いた。

「この二人はいつもこんな感じなのだ」

「い、いつも？」

「気の置けない幼馴染み同士で、会うたびにこうしてじゃれ合っている」

「じ、じゃれ合っているのではなく……殺されそうに……なっているのですが……」

宗越が恨めしい顔で月華を見たが、本来なら助けなど必要ないのだ。

彼が本気を出せば雹華を退けることなど容易い。元々宗越は月華同様、神仙の血を引いている。幽鬼の国で九狼に師事し、幽鬼を追い払う術も使えるのだ。

「これがこの二人の愛情表現だから、しばし放っておこう」

月華は倒れた宗越に近づき、彼が袖に忍ばせていた面や薬を拝借する。

「か、勝手に盗まないでください」

「借りるだけだ。これはどちらも徒華の力を抑え込むもののようだから、神器作りの参考にする」

そう言って薬を懐に入れるが、宗越が異を唱えることはなかった。

(俺が動くことも、宗越にとっては想定内なのだろうな)

春蘭が雹華の親友だと、宗越が気づいていないわけがない。月華ならばどうにかできるかもしれないとわかっていたからこそ、春蘭が夜叉王の花嫁になると聞き一度は兵を引いたのだろう。

(とはいえ、俺でも為《な》す術《すべ》がないとわかれば宗越は本気で春蘭を殺そうとする……)

宗越は、そういう男だ。しかしそれまでは、強い味方にもなり得る男である。

「……あの、月華様」

心配そうに春蘭が顔を上げ、月華を窺う。

「案ずるな、徒華のことは俺がなんとかする」

絶対に助けると覚悟を伝えるため、月華は春蘭に口づける。

また春蘭は微笑みを浮かべたが、その表情はどこか痛々しかった。

◇◇◇　◇◇◇

徒華を抑え込む神器を作ると言って月華が席を外したあと、春蘭は改めて鳳国の皇帝宗越と向かい合った。

「まずは詫びておきます。イーシンへの進軍の件はさすがに性急でした。申し訳ない」

大国の皇帝にまさか頭を下げられるとは思わず、正直春蘭は戸惑う。

彼のほうが年上だし、何より立場があまりに違うからだ。

「あ、頭を上げてください。徒華の話が本当なら、危険視なさるのも当然ですから」

それに徒華の声を聞いた今、春蘭も自分がいかに危うい存在であるか自覚している。

『だからって、いきなり国を攻めるのはやっぱりやりすぎだし、宗越はもっと謝ったほうがいいと思うわ』

「……それは事実ですが、雹華に指摘されるとなんだか腹が立ちますね」

そう言って宗越が見つめているのは、彼の隣にちゃっかり座っている雹華である。

二人が幼馴染みだということは月華に聞いたが、その距離感の近さに春蘭は驚かずにいられない。

『徒華って華がとんでもないものなのはわかるけど、国ごと滅ぼそうとするなんて相変わらず過激すぎるのよ』

「別に滅ぼすつもりはありませんでした。ただ国王が彼女をなかなか引き渡さぬ故、脅《おど》しとして軍を派遣したのです」

「では、父には徒華の話を？」

「しましたが、信じていただけませんでした。……いや、信じたくなかったのかもしれませんね」

宗越の言葉に、春蘭はこの国にやってくる前のことを思い出す。

（確かに、あのときお父様は何かを隠しているようだった……）

鳳国の進軍について聞いてもはぐらかされるばかりだったし、夜叉王に春蘭を献上すると言い出したのも思えば急な話だった。

月華に会いたかった春蘭は浮かれるばかりで状況を深く考えずにいたが、花嫁にというのも夜叉王ならば徒華をどうにかできるかもしれないという考えが父にあったのかもしれない。

「お父様や国に迷惑をかけていたなんて、全然知らなかった……。私一人、何も知らず脳天気に浮かれていたなんてイーシンの姫失格ね」

『別に気にすることないわよ。まさかこの世を乱すようなものが自分の中にあるなんて、普通気づかないでしょう』

「でも昔から、その予兆はあったのに……」

異性に執拗に迫られる日々を思えば、もう少し早く徒華のことに気づいてもよかったのにとため息をこぼす。

宗越が感心するように春蘭をじっと見つめた。

「雹華の友人というからどんな破天荒《はてんこう》な女子かと思っていましたが、思いのほかまともな方なのですね」

『ちょっと、それどういう意味よ』

「話が通じてよかったという意味です。この状況を受け入れ、しかるべき判断を下せる聡さもありそうですし」

しかるべき判断、と告げた瞳は笑っていなかった。宗越が何を考えているか、わからない春蘭ではない。

鳳国の皇帝がたった一人でここまで出向いてくるほど、事は重大なのだ。

(そう、だからいざというとき、きっと私は……)

思わず震え出した手をぎゅっと握っていると、バンッと大きな音がした。

驚いて瞬けば、先ほどのように目の前から宗越の姿が消えている。

『だから、春蘭を怖がらせないでってば！』

「お、おい、やめなさい！」

気がつけば宗越は雹華に押し倒され、その首をギリギリと絞められている。

「ひょ、雹華……暴力はいけないわ」

『大丈夫よ、私、握力ないほうだから』

「じゅ、十分苦しいの……ですが……」

　青白い顔をしている宗越が心配になり、春蘭は慌てて二人の間に入る。

「鳳国の皇帝陛下が死んでしまったら一大事だし、そこらへんにしてあげて？」

『自分に死ねっていう男のことなんて、心配しなくていいのに』

　言いつつもさすがにやりすぎたと思ったのか、雹華は首から腕を放す。

　だが倒れた宗越の上から退《の》く気はないらしく、彼の身体の上で膝を抱えている。

『それに春蘭も春蘭よ。もっと嫌だとか死にたくないって主張していいのに』

「でも徒華のことが本当なら……」

『だとしてもようやく兄様と両想いになれたんでしょう！　だったら、宗越の言葉なんて受け入れちゃだめよ！』

　雹華にきつく睨まれ、春蘭はおずおずと頷く。

　親友の言葉を素直に飲み込めなかったが、それを顔に出せば雹華がもっとむきになるだろう。表情を取り繕い、今だけは受け入れたふりをする。

「……そろそろ、どいてくれませんか？」

『だめ、私の下で反省して』

「私が誰だか、雹華はそろそろ理解したほうがいいと思います」

『私の可愛い可愛い弟分でしょ？　おねしょするたび、泣いてたあなたをあやしてあげたじゃない』

「もう二十年以上前のことでしょう。それに今は私のほうが年上です」

『でも先に私が生まれたことには変わりないもの。弟分の不始末は、姉の私が責任取らなきゃ』

言うなり今度は、宗越の腕をひねりあげる。

『ということで、女の子を脅す悪い弟には、お仕置きね』

「とかいって、本当は声をかけずに帰ろうとしたことを根に持っているだけでしょう！」

『それもある』

笑顔で答えつつも、かなりの力でひねりあげているのか宗越の顔が情けなく歪む。

そんなやりとりを見ていると、強ばっていた心がようやくほぐれてくる。

（もしかしたら怒っているのは口実で、これは私を安心させるためのやりとりなのかも）

気遣い屋の雹華のことだから、きっと空気を明るくしようとしているのだ。

（まあそのせいで、宗越様は大変なことになっているけど……）

皇帝陛下にこんなことをして本当に大丈夫なのだろうかと、さすがに心配になる。

『そんな不安そうな顔しないで。春蘭の徒華は兄様がなんとかするし、宗越にも協力させるから』

そういう意味での心配ではなかったが、雹華の言葉に宗越が文句を言い始めたせいで、二人の攻防はより白熱し始めてしまう。

(うん、なんだか大丈夫そうね)

なんだかんだ仲のいい二人を見ていると、春蘭もようやく心から笑うことができるようになった。

◇◇◇　◇◇◇

宗越の薬が効《き》いたのか、それから三日たっても春蘭の身体に異変はなかった。

(うん、今日も異常はなさそう……)

朝の身支度を調えながら、春蘭は胸に刻まれた痣をそっと撫でる。

宗越に薬を打ってもらって以来、徒華の声は聞こえていない。

異性を惑わす幻影香があふれることもなく、それまでとは変わらぬ穏やかな日々が続いている。そんな中、唯一変わったことと言えば、月華が王宮の離れから出てこなくなったことだ。

水仙宮の裏庭から離れのある裏山を見上げると、もう既に明かりが灯っている。

この三日、離れから明かりが消えたことはなく、時折春蘭の様子を見に来る月華は日に日にやつれているように見えた。

「ねえ雹華、月華様は今日もお部屋に戻っていないの？」

一緒に朝食をとろうとやってきた雹華に声をかけると、彼女は困ったように頬をかく。

『みたいね。さすがに根を詰めすぎだって、宗越も心配してた』

「やっぱり、神器を作るのは難しいのかしら……」

『そもそも徒華の情報が少ないから、それを調べるのが大変みたい。おじいさまにも連絡して色々調査してもらっているみたいだけど……』

「確かに、徒華のこともそれを作った仙女のことも、あまり伝わっていないものね」

宗越によれば、前回徒華を持って生まれたのは彼の祖先に当たる人物だったそうだ。それ故早急に処理されたが、逆に脅威が明るみに出なかったせいで徒華の存在は軽視され、情報が子孫へ伝えられなかったらしい。

そのせいで神器作りは難航しており、月華はここ数日ろくに寝ていないようだった。

「あとで、月華様に休むように進言してみるわ」

『お願いできる？　私や宗越が言ってもたぶん聞かないだろうから』

雹華の言葉に頷き、春蘭は月華の様子を見に行こうと決めた。

『あとそうだ、宗越が言ってたんだけど、ついでに……』

とまで言ったところで、雹華は不意に口をつぐむ。

「ついでに、何？」

『いや、これは別に言わなくてもいいやって思ったの。言わなくても、まあするだろうし』

「あっ、もしかして食事？　もちろん、何か作って持っていくつもりだけど、おすすめある？」

『いや、うん、まあそんなところよ』

あと料理はなんでもいいと思うと告げる雹華の顔はやけににこやかだったが、月華への差し入れを何にしようかと悩む春蘭はそれに気づいていなかった。


その後月華のために朝食を作った春蘭は、蓬莱宮の離れへと向かった。

離れは少し距離があり、なおかつ切り立った崖の上にある。

神器を作るための作業場として作られた場所故、特殊な高炉を動かすために気の流れがいい高台にあえて作られているらしい。

そこに至るには長い階段を上らねばならず、離れについた頃には春蘭の息はすっかり上がっていた。

（ようやくついたけど、月華様はどこかしら……）

下から見上げていたときは気づかなかったが、離れはずいぶんと広い。寝床や湯殿もあるようで、作りも他の宮とあまり変わらないようだ。

だが物が少ないせいかひどくがらんとしており、作業をするときは一人になりたいという月華の命令で、幽鬼などの姿もなかった。

そのせいか自然と、春蘭の歩き方も恐る恐るになる。

そうして中を見て回っていると、大きな高炉が置かれた中庭に出た。

(これが、神器を作る高炉かしら……)

思わず近づくと、ようやく月華の姿を見つける。

月華は高炉の前に座し、目を閉じたまま、印を結ぶように手を組んでいた。

彼の指先が動くと高炉の中で不思議な光が揺らぐ様は不思議で、声をかけるのも忘れてつい見入ってしまう。

「来ていたのか」

春蘭の気配に気づいたのか、月華がゆっくりと目を開ける。

我に返った春蘭は、急いで彼の側に向かった。

「今日もお休みになっていないと聞いて、なんだか心配で……」

「案ずるな。神器を作るときは寝ないことはざらにある」

そう言うが、彼の額には汗がにじみ顔色もあまりよくない。

「だとしても、少し休んでください。神器の制作には気力を要すると聞きましたし、英気を養えるよう食事も持ってきましたから」

「だが、もう少し……」

「だめです」

いつになく強い口調で言えば、月華が臆したようによろめく。

その腕を摑み、春蘭は強引に彼を部屋の中へと連れ込んだ。

(食事もそうだけど、月華様には睡眠も必要かも)

目元に浮かんだ隈《くま》に気づき、春蘭は彼を寝台へと無理やり連れて行く。

「な、なぜ寝台に……」

「眠っていないようなので」

「別に、眠くはない」

「そう思っているだけです、横になればきっと睡魔がやってきます」

とにかく休んでもらいたい気持ちが急いて、春蘭は月華を寝台の上に無理やり座らせた。

「そなたは強引だな」

「強引にしないと、お休みになってくださらないでしょう？　雹華も宗越様も、月華様が根を詰めすぎていると心配していましたよ」

「わかってはいるのだが、今は……」

「急いては事をし損じると言うでしょう？　それに私、月華様には無理をしてほしくありません」

あえて強く言い切り、春蘭は手巾《ハンカチ》を手に月華の額の汗を拭く。

「私のためだとわかっているからこそ余計に、ご自愛いただきたいのです」

念押しするように言葉を重ねれば、月華もようやく抵抗をやめる。

それから彼は大きく息を吐くと、手巾を持つ春蘭の手をそっと握った。

「そなたのほうは、大事ないか？」

「ええ、拍子抜けするぐらいいつも通りです」

元気だと示すために、春蘭は笑顔で腕を回す。

その様子に笑みをこぼしてから、月華はそっと腕を伸ばした。

「なら少し、甘えさせてもらおう」

腰を抱き寄せられ、月華の腕の中に倒れ込む。

身体が密着すると妙に意識してしまうのは、こうした接触が久々だったからだろう。

（そういえばもう、三日もこうして触れていなかったんだ……）

久々に感じる月華のぬくもりに緊張しつつも、抱きしめられているとずっとこうしていたいと思ってしまう。

「なんだか、久々な気がするな」

月華もまた同じ思いを抱いていたらしく、甘い囁きが春蘭の耳元にこぼれた。

「でも、こうするのは怖くはないですか？」

「怖い？」

「今は落ちついていますが、もし徒華が……」

「怖いなどと思うわけがない。むしろ本当は、ずっとこうしたかった」

「……ッ、ん……」

月華の手が春蘭の背中を優しく撫でる。

それだけでビクッと身体が跳ねてしまい、春蘭は思わず息を呑んだ。

「今、可愛い声がこぼれたな」

「わ、私……やっぱりおかしいのかもしれません。なんだか、身体が……」

徒華のせいかと思って痣を確認するが、特段異変はない。幻影香も出ていないようで安心するが、月華の手が身体を撫でるせいでまた声がこぼれそうになる。

「そなたを、少し放っておきすぎたようだ。なるべく春蘭を愛するようにと宗越に言われていたのに、失念していた」

「あ、愛する……？」

「愛おしい人がいれば幻影香が落ちつくと言っていた狼太公の言葉はあながち嘘ではないらしい。徒華は愛を求め肉欲を欲する、それ故開花前の状態であれば、身体を重ねることで鎮めることは可能なのだそうだ」

月華の説明で、春蘭は雹華が口をつぐんだときのことを思い出す。

（もしかして、雹華が言いたかったのって食事じゃなくて……）

などと考えていると、月華の手がゆっくりと身体を撫でる。

その指先が腰をたどり、子宮の上をそっとなぞった瞬間、春蘭は思わずぴくんと腰を揺らしてしまった。

「何か考えごとか？」

「あ、いや……その……ッ、ン……」

「もしや徒華のことか？　不安に思う気持ちもわかるが、しばしそのことを忘れるべきだ」

違うと言いたかったが、次の瞬間言葉と心を奪うように深い口づけが降りてくる。

「俺が忘れさせる。だからそなたは、思うがまま気持ちよくなればいい」

気がつけば帯を解かれ、寝台の上に押し倒される。

乱れた衣の間に手を入れられ、熟《う》れた乳房の頂きをそっとこねられる。

「……ふ、ぁん……っ」

「可愛い」

甘い声をこぼしながら身をよじると、月華が満足げに微笑んだ。

それから彼は襟元をずらし、現れた乳房に唇を寄せる。

「ん、なめちゃ……ッ……」

まさか直になめられるとは思わず、恥ずかしさから拒絶の声がこぼれる。

だが乳首を舐《ねぶ》る舌先は激しさを増すばかりで、止まる気配は一向にない。

(どうしよう……これ、すごく気持ちいい……)

なめられているのは胸なのに、腰の奥がゾクゾクと震える。

「あ、……ぅ、ンッ……」

気がつけば下腹部も濡れ始め、こぼれる吐息には熱が混じる。

変化を感じ取ったのか、春蘭の欲望を更に引き出すように、月華は口づけていないほうの乳房を強くもみしだく。

「あ、両方は、……ッ、両方はだめ……」

淫らに立ち上がったつぼみを、片方は舌で、もう片方は指先でいじめられると、痺《しび》れるような快楽が全身を駆け抜ける。

「だめ、胸……だけで……私……ッ、……ん」

ビクビクと腰が震え、臀《でん》部《ぶ》を蜜が伝いこぼれていくのを感じる。

気がつけばもう絶頂の兆しさえ見え始め、快楽に弱い自分が春蘭は恥ずかしかった。

(今日は、幻影香が出ているわけでもないのに……)

愉悦をやりすごそうと寝台の角をぎゅっと摑むが、月華の舌と指は更に激しさを増す。

「だめ……ゃぁ……、もう……ッ、だめ……」

希っても甘い責め苦に果てはなく、いじめ抜かれた突起が卑猥《ひわい》に揺れる。

特に月華に唇を寄せられ、熱い口腔《こうこう》の中で舌先に舐られると、より大きく春蘭の腰が跳ねてしまった。

「もう、胸だけでは我慢できなそうだな」

ようやく胸から唇を離した月華は、息を上げる春蘭の身体をじっくりと観察する。

愛撫が止まってもなおヒクつく腰を見た彼は、満足そうに微笑むと身体を起こした。

触れ合いが突然なくなり、春蘭は想像以上の喪失感に苛《さいな》まれる。

口ではだめだと言っておきながら、いざ手を放されるとこんなにも寂しくなるなんて思ってもみなかった。

「……月華様……」

思わず名を呼ぶと、彼が慌てて春蘭を抱き上げる。

「すまない、つい見惚れた」

「……見るだけは、いやです……」

彼を求める気持ちがあふれ、普段はしない懇願が口からこぼれる。

素直すぎる言葉に、月華が何かをこらえるように眉をひそめた。

「あまり性急なことはしたくないのだが……」

「でも……欲しくて……」

それも指ではなく彼が欲しい。そんな思いで恋人を見つめると、月華が春蘭の腰をぐっと持ち上げた。

衣をわずかにはだけさせ、彼は屹立をゆっくりと取り出す。

既に立ち上がった彼のものを見ると、それだけで春蘭の隘路は期待に戦慄《わなな》き、そんな自分が恥ずかしくなる。

「……ふ、あっ……」

赤くなった顔を隠そうとするが、彼の先端が襞を優しくこすりあげたせいでそれもままならない。昂《たかぶ》った身体は挿入の予感にさえ反応し、気がつけば彼のものをこすりあげるように腰が動いてしまう。はしたない反応を止めようと寝台をぎゅっと握りしめるが、身体は卑猥に揺れるばかりだ。

「春蘭は、身体も素直だな」

けれどどんな痴態《ちたい》を見せても、月華は優しく受け入れてくれた。

恥ずかしがる春蘭の頭をなだめるように撫で、それから己のものを隘路にゆっくりと沈めていく。

「……あ、ぅ、あぁ……」

「苦しいか？」

「い、え……、むしろ……気持ちよくて……」

回数を重ねているわけでもないのに、春蘭の膣は月華を容易く飲み込んでいく。

その上さらなる心地よさが広がり、痛みさえ感じない自分に春蘭は戸惑った。

快楽に弱いのは徒華のせいではと一瞬不安がよぎるが、重なった唇が彼女から憂いを少し消してくれた。

「そなたが受け入れてくれて、嬉しい」

幸せそうにつぶやきながら、月華がゆっくりと腰を春蘭に押しつける。

「あ……ッ、奥……こすれて……」

「心地よいか？」

「よすぎて……怖い……」

「案ずるな。快楽に溺れても、徒華が目覚めることはない」

むしろ鎮める効果があると囁かれ、残っていた不安も霧散する。

（そうだ、愛があれば……徒華は抑えられる……）

だとしたらむしろ、恐れず彼を受け入れるべきだろう。

（それにもしかしたら、これが最後になるかもしれない）

月華は大丈夫だと言ってくれたが、万が一ということもある。

後悔しないよう、心の底から月華を愛し、彼に溺れたいという思いが込み上げた。

「なら、もっと……」

「奥まで欲しいか？」

頷くと、月華が一度屹立を引き抜いた。

それから彼は春蘭を引き起こしながら寝台の上に腰を下ろす。

向かい合わせになった状態で抱きついていると、今度は下から熱杭が襞をこすりあげた。

「ッ――――、っ！」

次の瞬間、激しい突き上げが春蘭を襲う。

同時にぐっと腰を押し下げられ、隘路の奥にまで楔《くさび》が打ち込まれた。

「あ、奥……まで、いっぱいに……」

「苦しいか？」

首を横に振ると、月華がゆっくりと腰を揺する。

「んっ、すごい……奥……まで……っ、きてる……」

「……ああ、ようやく届いた」

春蘭の中が愉悦に戦慄くと、月華の口から熱い吐息がこぼれる。月華も感じてくれているのだとわかると嬉しくて、春蘭は彼の首に腕を回した。

「もっと、……はげしく……」

「なら、動くぞ……」

春蘭の腰を抱き支えながら、月華が容赦なく突き上げてくる。

あまりの激しさに衣が乱れ、あらわになったままの乳房が淫猥に揺れた。

「……ふ、あ……胸……まで……」

その先端に月華が舌を這わせ、ちゅっと吸い上げると愉悦は何倍にも跳ね上がる。

全身を駆け抜ける甘い痺れは春蘭の思考を焼き始め、気がつけば目からは涙さえこぼれていた。

「もっと……、もっと、して……」

絶頂の予感を覚えながら、春蘭ははしたなく懇願する。

月華の動きに合わせて腰を振り、乳房を吸われながらどんどんと上り詰めていく。

「ッ……ん、あああッ！」

春蘭は激しい法悦の中に果てた。

思考は焼かれ、右も左もわからなくなるが、それでも彼を放したくなくて、きゅっと月華を締めつける。

「ああ、春蘭……春蘭……ッ」

内壁で彼を抱きしめていると、月華の声が切なく震える。

（私で……感じてくれてる……）

それが嬉しくて、春蘭は腕でも月華を強く抱きしめた。

直後、彼のものがぐっと膨らみ、熱いものが隘路に放たれる。

「……春蘭」

己を注ぎ込みながら、月華がこぼした声には愛が満ちていた。

それが嬉しくて、愛おしくて、絶頂の余韻に浸りながら、春蘭は月華の額に口づけを落とす。

（いつまでも……ずっと……こうしていたい……）

彼への愛を感じながら、生きていきたい。

いつになく強い願いが胸からあふれると、月華がゆっくりと顔を上げた。

「春蘭、好きだ……」

見つめ合えば、彼もまた同じ気持ちでいると教えてくれる。

「どうかこれからも俺を、俺だけを愛してくれ……」

愛に満ちた眼差しに、春蘭は胸が詰まる。

その思いは春蘭も同じで、彼女は目を潤ませながら頷く。

言葉でも愛を示そうとしたとき、突然頭の奥が不快にざわついた。

【ああ、なんて愚かな……】

微かだが、あの不気味な声が脳裏に響く。

【一人の愛などで、満足などできるわけがないのに……】

幻聴かと思いたかったが、それは確かに徒華の声だった。

(そんな、どうして……)

【徒華は絶望の中でこそ美しく咲く。ならばまずはお前を絶望に落とそうと、このときを待っていたのだ】

憎悪に満ちた声が響くと、痣が激しい痛みと幻影香を放った。

同時に激しい渇望《かつぼう》が春蘭を支配し、悲鳴を上げながら身体をのけぞらせた。

「……くそ、徒華か……ッ」

幻影香に乱されたのは月華も同じで、彼は口元を手で押さえながら、苦しげに目を閉じた。互いに離れようとするが時既に遅く、春蘭の隘路がまるで生き物のようにうねる。

気がつけば春蘭は月華の身体に腕を回し、その背を卑《いや》しく撫でていた。

【より絶望するように、お前の意識だけは残してやろう。さあ、愛おしい男が獣に堕《お》ちる様を見るがいい】

春蘭の身体は徒華の支配下に置かれ、細い腕が月華の頭を抱き寄せる。

「あぁ……この……香りだ……」

幻影香を嗅《か》がせるように月華の口元に胸を押しつけると、彼の口から感嘆の声がこぼれ始める。

(だめ……おねがい、やめて……)

この状況から逃れようと必死になるが、月華は止まらなかった。彼は痣に唇を寄せ、より深く幻影香を吸い込む。

「ッ……、ンッ――――！」

痣に口づけられると、たったそれだけのことで春蘭は絶頂に突き落とされた。

それだけでは終わらず、弛緩《しかん》する身体を突き飛ばされ、寝台に強く押しつけられる。

「徒華……、俺の……徒華だ……」

ビクビクと震える腰を強引に持ち上げられ、獣のような格好で臀部を痛いほどの力で摑まれる。

「彼女は、俺の……俺だけの華……」

彼のものが容赦なく突き入れられたのは直後のことだった。

月華のものとは思えない冷え冷えとした声をこぼしながら、まるで傷つけるように彼は春蘭を犯す。

先ほどとは違い、そこには欠片の愛情もなかった。

「くっ、あ……げっか、さま……」

乱暴な挿入は、絶頂の余韻を消すほどの強い痛みをもたらした。

なのにその痛みさえ、徒華は激しい快楽に変えていく。

「もっと啼《な》け……、淫らな声を……聞かせろ……」

乱暴に腰を穿たれ、伏した身体を無理やり引き起こされる。肌をまさぐられ、乳房を痛いほどの力で舐《ねぶ》る月華の顔は、まるで獣のようだった。

（いや……いやっ……）

目が合った瞬間、覚えたのは恐怖だった。

今まで異性から向けられ続けていた、あの欲望に満ちた恐ろしい顔を彼もまた浮かべている。

好いた男だとしても、その荒々しさを春蘭の心は受け止めきれない。

「俺の徒華……、俺の……俺だけの……」

爪を立てられ、首筋に食らいつくように口づけられる。実際歯を立てられていたのか、首筋に痛みが走り吸いつく唇の隙間から血がこぼれた。

流れる血は乳房を伝い、淫らに立ち上がる胸の先端を汚した。

異常な状態なのに身体は興奮しきったままで、それがより一層恐ろしい。

「……ゃ……ぃゃ……」

ようやく、喉の奥からか細い声がこぼれる。

ほんのわずかに残った理性が、己を貫く肉杭から逃れようと腰を引いた。

「ッ……おれ、は……」

その瞬間、月華の声にもわずかに理性が戻る。

月華は勢いよく己を引き抜くと、春蘭から腕を放した。

恐る恐るを仰ぎ見れば、その目が大きく見開かれる。驚きと恐怖、そして罪悪感が見て取れたが、また幻影香が春蘭の胸元から立ちのぼる。

慌てて痣を手で押さえるが、そんなことでは甘い匂いを消すことはできない。

「あっ、ぐっ、……く、そ……」

立ちのぼった幻影香は月華に纏わりつき、再び彼を獣に堕とそうとする。

苦しげに悶えながら、月華は春蘭を見つめた。

その瞳は虚《うつ》ろになりかけていたが、彼は大きくかぶりを振った。

「……枕元、に……」

彼は、春蘭の側を指さす。

「短刀を……、早く……」

「えっ……？」

「早く、短刀を抜け……！」

苦しげな声で、月華が春蘭に訴える。

言われたとおり枕に手を伸ばすと、その下には短刀が隠されていた。

それを引き抜き振り返ると、再び側まで月華の身体が迫っている。

「……ぐっ！」

腕を伸ばした彼に臆するが、大きな手が摑んだのは春蘭ではなかった。

彼は春蘭が持ち上げた短刀の刃を、素手のまま摑んだのだ。

「……月華様！」

思わず悲鳴を上げて刃を下げようとするが、びくともしない。

その間にも血が刃を伝い、二人の間に血が滴《したた》る。

「て、手をどけてください……！」

泣きながら訴えると、春蘭を心配させまいと、彼は笑顔さえ見せた。

「平気……だ、むしろ……今は痛みが、必要だ……」

強く刃を握りしめ、流れる血の量が多くなる。

だが彼は痛みに屈することなく、もう片方の手を持ち上げ、指で空を切る。

「来い……！」

指を中庭のほうへと向けた途端、彼の手首に何かが巻きついた。

生き物のようにうねっているが、それは数珠《じゅず》のように見える。

「まだ少し熱いが、我慢してくれ」

月華は春蘭と手を重ねる。すると数珠は春蘭の手に巻きつき、激しい熱を放った。

「あ、くっ……」

熱は激しい痛みを伴ったが、おかげで頭の中で響く徒華の声が遠ざかり始める。

【あと少しで……この男を我がものにできたものを……】

だがほっとしたのも束の間、徒華は憎々しげな声と不安を春蘭の中に植えつけた。

【だが……このようなものでは、抑えられぬ……。この男の中には既に我が毒が回っている……いずれすべてを、この男を……完全に狂わせてやる……】

数珠の熱が落ちつくと共に、徒華の声と幻影香も消えていく。

だが正気を取り戻したにもかかわらず、月華の目はどこか虚ろだった。

未だに、彼は強く刃を握りしめている。

「は、早く……早く手を放してください……！」

ようやく月華が手を放し、春蘭は慌てて短刀を放り投げる。

毛布で止血をしようとしたが、月華が春蘭のほうにぐったりと倒れ込んできた。

「すまない、俺はそなたに……あんな……」

「それなら、私も……」

謝罪をしようとしたが、月華が苦しげに咳き込む。

苦しげな姿が見ていられず慌てて背をさすろうとしたとき、春蘭は見てしまった。

（嘘……そんな……）

彼の手には不気味な黒い模様が現れ、口を押さえる布地は赤く染まっていく。

咳と共に吐き出されたそれが血だと気づいた瞬間、春蘭は徒華が口にした毒の意味に気

がついた。

「……春……蘭……」

苦しげに名を呼んだ直後、彼の身体から力が抜けていく。

「月華様……！　しっかりしてください、月華様!!」

ずしりと重くなった身体は燃えるように熱く、彼の息づかいは苦しげなものになる。

（どうしよう……私のせいだ……）

深い後悔を覚えるも、春蘭にできるのは月華を支えながら必死に助けを呼ぶことだけだった。

第七章

『ねえ春蘭、そろそろ何か食べないと、さすがに倒れてしまうわよ』

　雹華の気遣う声に、春蘭は抱えていた膝からゆっくりと顔を上げる。

　先ほどまで明るかった気がするが、窓の外はすっかり暗くなり雹華がつけてくれた明かりが揺れている。

　それをぼんやり眺めていると、雹華が春蘭の顔を心配そうに覗き込んでくる。

「食欲がないの」

『ならせめて、少し眠ったほうがいいわ。兄様のことは宗越が看ているし、命に別状はないって彼も言っていたもの』

　雹華はそう励ましてくれるが、春蘭の心は深く沈んだままだった。

　徒華の毒に侵されて以来、まる二日、月華は眠り続けている。

春蘭は再び幻影香が出たときのためにと、水仙宮で一人時間を過ごしていた。

時折様子を見に来る雹華には休めと言われるものの、自分のせいで月華が倒れたと思うと不安で眠れず、食事も喉を通らない。

（このまま、もし月華様が目覚めなかったら……）

それどころか死んでしまったらと考えるだけで、身体の震えが止まらなくなる。

『大丈夫よ、大丈夫だから』

雹華がぎゅっと抱きしめ、春蘭の背中をさする。

優しい声のおかげで少しだけ気持ちが楽になるが、それでも沈んだ心は浮上しない。

「……少し、いいでしょうか」

そんなとき、部屋に現れたのは宗越だった。

もしや月華に何かあったのかと慌てて立ち上がるが、落ちつけというように彼は手を上げる。

「月華なら問題ありません。ただ少し、話をしたかっただけです」

宗越の言葉にほっとする一方、春蘭を見つめる眼差しは鋭い。

『だったらそんな怖い顔しないでよ。春蘭が怯えるじゃない』

雹華が不満げに言うと、彼は鋭い目元にそっと指を押し当てる。

「元々こういう顔なんです。それより雹華は少し出ていてくれますか？」

『なんで？　私がここにいちゃだめなの？』

「雹華は無駄に五月蠅《うるさ》いので」

容赦のない言葉に怒る雹華から宗越が慌てて逃げる。

どこか滑稽なやりとりにまた少しだけ気分が楽になるが、二人のやりとりをただ見ている場合ではないと春蘭はわかっていた。

「私は大丈夫だから、雹華は少しだけ席を外してくれる？」

『ちょっと、春蘭まで私をのけ者にするの？』

「お腹が空いてきてしまったの。だから何か取ってきてもらえないかなって」

『なんだ、そういうことね！　じゃあ私が、とっておきの粥を作って持ってきてあげる！』

言うなり側の壁を抜け、雹華の姿が消える。

「まったく、単純な子ですね」

呆れ果てながらも、その声にはどこか安堵の響きがある。

それに気づいた春蘭は、重い気持ちで宗越と向き合った。

「それで、話というのは」

「その顔は、察しているのではないですか？」

いつになく冷え冷えとした声に、膝の上に置いた手を春蘭はぎゅっと握りしめる。

「わかっていたから、雹華を追い払ったのでしょう。私もあなたも、あの子を悲しませたくないという気持ちは、同じはずですから」

宗越はどこか哀れむように春蘭を見つめる。

「月華の状態は、正直あまりよくありません。もって、数日というところでしょう」

「そんな……」

「だが助かる方法はあります」

その方法を明言する代わりに、宗越はゆっくりと立ち上がった。

「……助けたいなら、ついてきてください」

「いったいどこへ？」

「ここでは徒華を『処理』できないので、私の秘密の庵《いおり》へ」

処理という言葉に、春蘭は恐怖を覚える。

同時に、春蘭の胸に激しい痛みが走った。

「……くっ」

月華につけてもらった数珠を撫でると痛みは少しマシになったが、自分ではない何かが身の内で暴れ回る不快感は残っている。

だからこそ、春蘭は痛みをこらえてふらふらと立ち上がった。

（時間がないのは、私も同じだ……）

ずっと部屋にこもっていたのは、あれ以来、徒華の気配がより強くなっていたからでもある。眠れば徒華の見せる悪夢に苛まれ、起きていても時折こうして身体がおかしくなりそうになる。

(月華様の神器のおかげで抑え込めているけど、きっとこれもそう長くはもたない)

だからいずれ、時が来たら宗越が自分の元に現れるだろうという予感はずっとあった。

そのとき、自分がどうなるかも。

「……平気ですか?」

気遣うような声をかけられ、春蘭は頷く。

「早くまいりましょう。月華様が心配です」

「こんなときなのに、自分より彼の心配をするのですね」

「彼を傷つけてしまったのは私ですから」

「あなたではなく、徒華のせいでしょう。それに触れ合いによって徒華が落ちつくと考え、月華と会うように仕向けたのは私だ」

宗越は悔やむようにぎゅっと拳を握る。

「愛によって徒華を大人しくできると信じていたが、浅はかでした」

「いえ、実際抑え込めているとは思います。月華様がいらっしゃらなければ、私はもっと早くに徒華に支配されていた気がしますから」

だがそれも永遠ではない。

それがわかっていたからこそ、春蘭は宗越に近づいた。

「宗越様。どうか、月華様をお救いください」

「それがどういう意味か、わかっていますね」

問いかけと共に、宗越がそっと手を差し出す。

その手を握ればどうなるか、春蘭は嫌と言うほど理解していた。

(でも、月華様がご無事ならそれでいい)

だから震える手を持ち上げ、彼女は宗越の手を取ったのだった。

◇◇◇　◇◇◇

『だめです姫様！　月華様はまだ起きられる状態ではありません！』

遠く、誰かが言い争う声で月華は目を覚ます。

身体は鉛《なまり》にでもなったように重く、意識もまだはっきりしない。

だが強引に部屋に入ってくるのが、妹だということだけはぼんやりとわかった。

『兄様起きて、春蘭が……！　春蘭が!!』

繰り返されるその名に、ようやく意識がはっきりし出す。

だが身体を起こそうとすると激しい咳がこぼれ、口元を押さえた手が赤く濡れる。

苦しむ兄の様子に霤華は立ち尽くすが、春蘭の様子を知りたかった月華はなんとか半身を起こし、彼女を手招いた。

『目が覚めてよかったけど、苦しい……？』

「俺は平気だ。それより春蘭がどうした」

尋ねると、霤華は泣きそうな顔で月華に取り縋る。

『突然消えてしまったの。宗越と二人で部屋にいたはずなのに、姿がどこにもなくて』

「宗越と？」

『部屋の外には侍女もいたのに誰も外に出たところを見てなくて、それがすごく不安で……』

今にも泣きそうな妹をなだめるため、その肩をそっと撫でる。

同時に月華はゆっくりと立ち上がった。

足下がふらつくが、長く寝ていたおかげかひとまず身体は動かせそうだった。

とはいえそれも長い間ではないと察し、彼は手早く身支度をすませる。

「宗越と春蘭の姿は、誰も見ていないのだな……」

『ええ、誰も』

「たぶん、姿を見られぬよう神器を使って外に出たのだろう」

あえて二人きりで姿をくらましたのは、月華や霤華に見つからないためだ。

（だとしたら、宗越は……）

　そうまでして春蘭を連れ出した理由は想像に難くなく、月華は側に置かれていた剣を手に取る。

「雹華、家臣を集めて急いで春蘭たちの足取りを追え。俺もすぐ向かう」

『わかった。でも無理はしないでね』

　急いで消える妹を見送ってから、月華はゆっくり息を吐く。

　ひとまず身体が動くことにほっとするが、状態はやはりよくない。

　少し動いただけで息が上がり、これ以上毒が回れば命も危ういと本能的に察した。

（だが、このまま何もしないわけにはいかない）

　たとえ何があっても春蘭だけは助けたい。そんな思いで月華は毒に蝕《むしば》まれた身体に鞭《むち》を打つ。

『待て、月華』

　部屋を出ようとしたところで誰かが月華の肩を摑んだ。

　驚いて立ち止まるが、その拍子に身体が傾く。

『そんな身体で、動いてはならぬ』

　そんな彼を支えたのは、九狼だった。

　九狼の表情はいつになく険しく、眼光は射るように鋭い。

「帰ってらしたのですか……」

『少し前にな』

「実は、春蘭が――」

『事情は知っておる。お前が倒れたあと、宗越とも話した』

わかっていると頷きながらも、九狼の表情は相も変わらず険しい。

それどころか、月華の肩を痛いほどの力で摑んだ。

『お前は徒華の毒に侵されている。下手に動けば、命に関わる』

「ですが、宗越が春蘭を連れ去ったのです」

『だが追いかけても、何もできない。徒華を抑え込むことは不可能なのだ』

厳しい口調に反論したくなるが、九狼の顔には口惜しそうな表情が浮かんでいる。

『あの子を助けたい気持ちは同じだが、徒華を滅するには宿主が死ぬほかないのだ』

「狼太公が、徒華の幻影香は抑え込めると言ったのではないですか」

『確かにそういう事例もあった。だが愛憎や恨みつらみというものは年月を重ねれば重ねるほど強くなる。そうしたものの化身でもある徒華は、かつてよりずっと強力になっているのだろう』

そのことをお前も身を以《もっ》て知ったばかりだろうと、九狼は月華の胸を叩く。

『人の心を操るだけでなく、肉体を蝕むほどの力を持つ徒華など初めてだと宗越も話していた。あれはもう人の手には負えぬものなのだ』

説得の言葉を重ねるたび、九狼の声が苦しげに震える。

彼もまたこの事実に苦しんでいるとわかるとそれ以上何も言えず、月華は反論をぐっと飲み込んだ。

(狼太公の言葉は正しい。確かにあの徒華の力は凄まじい)

毒に侵されたからこそ、その危険性もわかる。

ひとたび幻影香を嗅げば、月華はまた我を失うだろう。それどころか身体の中の毒が、自分の命を喰《く》らい尽くすかもしれない。

だがそのことが、月華を止める理由にはならないのだ。

「狼太公、あなたには感謝しています」

『……なんだ、突然』

「あなたは俺以上に人を嫌い、一族のことも嫌っていた。にもかかわらず行き場のなかった俺たちを救い、雹華と共に暮らせるようにしてくれました」

深々と頭を下げると、九狼が小さく息を呑む。

「狼太公は俺たちの親も同然です。ですが今回だけは、その意に背《そむ》きます」

『お前……』

「俺は春蘭を捨て置けません。あの子は俺の大事な花嫁です」

『そのために、自分が死んでもかまわないと？』

「死は恐ろしくありません。それを教えてくれたのは、他ならぬあなたでしょう」

『確かに幽鬼になればこの世に残れるが、誰もがなれるわけではない。むしろ我が一族は神仙の血があるため異界に引かれる。すぐさま冥府に至る場合だって……』

　月華を止めるためか、九狼は言葉を必死に重ねている。

　だが、月華はふと気がついた。

（……そうだ、その手があったか）

　頭に浮かんだ名案に、月華は思わず手を打つ。

『聞いているのか、月華』

「話半分に」

『おい……！』

「ですがおかげで、名案が浮かびました」

　九狼に笑いかけ、月華は歩き出す。

　その勢いに飲まれたのか九狼は制止する機会を失い、最後は慌てて月華の隣に並んだ。

『黙って行くな。その案とやらを話せ』

「もう、俺を止めないのですか？」

『止めても無駄だろう』

だから話せという九狼は、もう既に諦めきっている。

「ならご助力を」

それを察した月華が頭を下げれば、九狼は大きなため息と共に頷いてくれた。

◇◇◇　◇◇◇

宗越が春蘭を連れてきた庵は、意外にも幽鬼の国からさほど離れていない場所だった。

庵には木戸が一つあるだけで窓もなく、薄暗い。

部屋には薬品の棚と寝台が一つ置かれており、そこに春蘭は腰を下ろしていた。

「ひとまずこの薬茶を飲んでください、心を落ちつける効果があります」

宗越の言葉に頷き、薬茶を手に取った春蘭はそれを一息に飲み干す。

薬茶の苦さに顔をしかめながら、春蘭は不意に、月華と初めて出かけたときに飲んだお茶のことを思い出した。

（そういえば結局、月華様と街に行けたのはあの一度きりだった……）

二度目のときは徒華のせいでそれどころではなくなり、三度目はきっともう訪れない。

寂しさを覚えながらうなだれていると、宗越が側に膝を突いた。

「やはり怖いですか？」

宗越に問いかけられ、春蘭は首を横に振る。

恐怖がないわけではないが、先ほど飲んだ薬茶のせいか心は穏やかだった。

「大丈夫です。それよりも私はどうすれば？」

「そこに横になってください。あなたが眠ったあと、特殊な神器で徒華を切り離します」

痛みなどもないと説明されてほっとしながら、春蘭は言われるがまま横になる。

だがそのとき、不意にズキリと痣のあたりが痛んだ。

「どうしました？」

顔を強ばらせると、宗越が心配そうに顔を覗き込んでくる。

「いえ、胸がすこし……」

「少し、見せてもらえますか？　必要なら、徒華を落ちつける薬を増やしますので」

言われるがまま衣をずらそうとしたところで、春蘭はふと手首にはめたままの数珠に目を留める。

「……あ」

徒華を抑える効果があるそれに、ヒビが入っていると気づいたのはそのときだ。

それが少しずつ大きくなっていると気づいた瞬間、春蘭は近づいてきた宗越をとっさに突き飛ばす。

【今度はまた別の男をたらし込んでいるのか？】

脳裏に徒華の声が響き、春蘭の身体がずっしりと重くなる。

同時に幻影香の香りが立ちのぼり、宗越がぐっと顔をしかめた。

彼は慌てて面をつけようとするが、それよりも幻影香が彼の心を絡め取るほうが早い。

「……くそ、これほど……とは……」

彼の瞳から理性が消え、その口からは獣のようなうなり声が響く。

このまま側にいてはいけないと思い、春蘭は逃げようと身をよじった。

しかし身体を起こしかけたところで、宗越に腕を掴まれる。

「お前は……私の〝華〟だ……」

熱に浮かされた声をこぼしながら、宗越は春蘭を突き飛ばした。

その拍子に頭を強く打ち、春蘭の意識も朧気《おぼろげ》になる。

【そう、お前は華……。この男を卑しい蜜で絡み取り、快楽に堕としてやれ】

（いや、そんなの……だめ……）

【この男を獣に堕とし、それから、次はあの男だ……】

徒華の声が大きくなると、春蘭の手が勝手に数珠へと伸びる。

だめだと思う間もなく彼女は自ら数珠を引きちぎり、次の瞬間痣がより激しく熱を持つ。

【さあ、咲き誇れ】

幻影香がより強く立ちのぼった直後、宗越が春蘭に馬乗りになる。

着衣を剝ぎ取ろうとする彼を前に、春蘭は抵抗する手立てがない。

「――やめろ、宗越！」

だがそのとき、月華の声が宗越の動きを止めた。

一瞬宗越の目に理性が戻り、春蘭もまた声のほうへと顔を向ける。

部屋の入り口に立っていたのは月華と九狼だった。

二人とも幻影香に顔をしかめているが、まだ理性は保《たも》っているようだった。

一方で、宗越は月華を見るなり獣のように牙を剝く。

「……お前も、華を奪いに来たのか」

宗越の中にわずかに戻った理性が消え、恐ろしい形相《ぎょうそう》を浮かべる。

怒りに満ちた声に、月華は彼が幻影香の影響を受けていると即座に見抜いたようだ。

「きては……いけません……あなたまでおかしくなる……」

春蘭も制止の声を出すが、それよりも早く月華がこちらへと駆け出した。

それを見据え、宗越が腰に差していた剣を抜く。獣のように飛び上がり、彼は刃を翻す。

対する月華もまた刃を抜き、それを冷静に受け止めた。

「少々手荒にするが、恨むなよ」

落ちついた声とは裏腹に、月華は掌底《しょうてい》で宗越の胸に重い一撃を加える。衝撃に息を詰まらせたものの、幻影香に侵された宗越は痛みさえも感じないのか、すぐに体勢を立て直して剣を振り上げた。

だが刃が月華に届くより早く、彼の剣が翻り、宗越の刃が音を立てて砕《くだ》ける。

折れた剣が弾き飛ぶのを横目に、月華はすばやく宗越の後ろに回り込むと、彼の首に手刀を見舞った。

鋭い一撃は彼の意識を奪い、宗越の身体から力と意識が抜ける。

「許せ」

膝から崩れ落ちる宗越をとっさに抱き留め、月華は友を地面に横たえる。

「狼太公、春蘭を」

月華が九狼に声をかけるが、近づこうとした彼の足取りが不意に止まる。

『くそ、幻影香が……強すぎる……』

苦しげに胸を押さえ、九狼は膝をつく。

下手をすれば彼自身も春蘭を襲いかねないと思い、必死に耐えてくれているのだろう。

九狼まで苦しめてしまったことに戸惑いと申し訳なさを感じていると、月華が宗越の胸から何かを引き出した。

それは華の飾りがついた短刀で、それを手に月華が春蘭の側へと駆けてくる。

【愚かな男だ、自ら狂いに来るとは】

頭の中で声が響いた次の瞬間、春蘭は痣の内側で何かが蠢《うごめ》くような感覚を覚えた。

「……くッ、ああぁッ」

続いて激しい痛みが走り、春蘭は悲鳴を上げながら身悶える。

思わず胸を掻きむしると、乱れた衣の隙間から不気味な赤い色がこぼれた。

肌を貫き、痣の上に咲き誇るそれは禍々《まがまが》しい一輪の華だ。

大きなつぼみがゆっくりと開き、そこから心を狂わせる甘い香りがまき散らされていた。

【さあ、すべてを狂わせろ】

徒華の声は、気がつけば春蘭の声でもあった。

身体の支配権を完全に奪われ、華の持つ憎悪が春蘭の中に満ちる。

「……いいや、そうはさせぬ」

だが幻影香が漂う中、月華だけは今なお意識を保っていた。

【耐えても無駄だ。お前はこの女子を愛しすぎている】

春蘭を通してこぼれた徒華の声に、月華が苦しげに胸を押さえる。

【お前は愛した女を殺せない。故に華は、咲き続ける】

勝利を確信したのか、春蘭は身体を起こし月華の首に腕を回した。

より強く幻影香を嗅がせようと胸をそらしたとき、月華が胸に咲く徒華を強く摑んだ。

「いいや、滅びるのはお前だけだ」

月華が手にした短刀を翻し、胸に咲く徒華を摑む。

徒華は幻影香だけでなく毒を振りまき、月華の顔が苦痛に歪む。

だが彼の手は金色に輝く刃を真横に薙《な》ぎ、華を斜めに切り裂いた。

【貴様……、私が死ねば……この娘も……】

切り裂かれ、地に落ちた徒華が悲鳴と憎悪を振りまく。

しかし月華はそれには乱されなかった。

「そんなことはさせない」

次の瞬間、徒華の咲いていた痣の上に月華が唇を寄せる。

途端に春蘭を蝕んでいた痛みは消え、逆に温かな何かが流れ込んでくるのを感じた。

【ああ、今度こそ……今度こそ……愛されると思っていたのに……】

徒華が、絶望と共に消えていく。

地に落ちた華は枯れ、春蘭の身体に残る根も崩れて落ちた。

その命が尽きると部屋に漂っていた幻影香も霧散し、苦しげだった月華の表情も穏やかになっていく。

「月華、さま……」

春蘭もまた身体を取り戻すが、上手く力が入らない。

それどころかようやく戻った意識も、少しずつ薄れ始める。

(やっぱり私、死んでしまうのかしら……)

徒華と共に自分の命もまた消え去ろうとしているのを感じ、春蘭は最後の力を振り絞って月華に手を伸ばす。

もしここで命が尽きるなら、最後にもう一度月華のぬくもりを感じたかった。

「春蘭」

伸ばした手を取り、月華が強く春蘭を抱きしめてくれる。

それにほっとすると力が抜けてしまったが、月華は逞しい腕で春蘭の身体を抱き支えてくれた。

「月華さま……私……」

「……案ずるな。これで終わりではない」

春蘭を抱きしめ、月華が優しく頭を撫でた。

そのぬくもりすら春蘭は感じ取れなくなっていたけれど、それでも彼が側にいることに笑顔がこぼれる。

「愛している。そなたを、誰よりも愛している」

耳元でこぼれた愛の告白が嬉しかったのに、春蘭の笑顔はゆっくりと失われていく。

「……絶対に、そなたを逝《い》かせない」

月華の声が遠ざかり、春蘭は心細さを感じる。けれど彼の元に戻る方法もわからず、春蘭の意識は闇の中へと吸い込まれていった。

◇◇◇　◇◇◇

気がつくと、春蘭はまた光のない世界に一人立っていた。

かつてそこには赤い華が咲き誇っていたが、今目の前に咲いているのは枯れかけた一輪の華だけだった。

【愛されたい、私はただ……愛されたいだけなのに……】

涙をこぼすように花びらを散らしながら、少しずつ徒華の声が小さくなっていく。

その様子はどこか哀れで、春蘭はそっと枯れゆく華に寄り添った。

「ならどうか、それ以上恨みを募らせないで」

散ってしまった徒華の花びらを春蘭はそっと取り上げる。

花びらにはまだ悲しみと憎悪があったが、労るように口づけるとそれらは消えた。

次に華が咲くとき、同じような不幸が起きないでほしい。

そんな願いを胸に抱くと、花びらもまた砕けて消えていく。

「────春蘭！」

春蘭の手から最後の花びらが消えると、誰かが遠くで彼女を呼んだ。

花びらが消えたことによって世界は完全な闇に閉ざされるが、不思議と恐怖はない。

唐突にそんな思いがよぎり、春蘭はゆっくりと歩き出す。

闇に閉ざされた世界では右も左もわからないけれど、遠くから聞こえる声が彼女を導いてくれているようだった。

そうして長いこと歩いていると、ほんのわずかだが光が見えてくる。

その先に誰かが待っている予感を覚え、気がつけば春蘭は駆け出していた。

「春蘭！」

次の瞬間、遠くにあったはずの声がすぐ側で響く。

驚いて瞬くと周囲の闇は消え、代わりに視界いっぱいに現れたのは愛した男の顔だった。

「ああよかった、目が覚めたのだな！」

「もうっ、心配させないでよ！」

そこに雹華の声も重なるが、目を開けた春蘭は月華から目をそらすことができない。

ぽかんとした顔で固まっていると、月華がわずかに首をかしげる。

「どうした、もしやどこか痛むのか？」

「いや、あの……私よりも月華様が……」

かすれた声で訴えると、月華にきょとんとされる。

「月華様は、大丈夫なのですか？」

「それは、こちらの台詞だが？」

「だ、だって……」

思わず持ち上げた手で触れた月華の髪は、真っ白だったのだ。

「い、いったい何が？　もしや徒華の毒が……」

オロオロしていると、突然雹華が鏡を突き出してくる。

「兄様は無事だし、毒も消えたわ。それにほら、変わったのは兄様だけじゃないのよ」

差し出された鏡を覗き込めば、春蘭の髪もまた白く変わっている。

瞳の色も、赤く変化していた。

「これ、まるで幽鬼みたい……」

「まるでというか、幽鬼なのだ」

「えっ、じゃあまさか私たち……」

「人としての命はもうない。それしか、徒華を滅する方法がなくてな」

月華の言葉で、春蘭は宿主が死なない限り徒華は枯れないと宗越が言っていたことを思い出す。

「じゃあ、やはり私は徒華と共に一度死んだのですか？」

「正確には死ぬ前に、人を幽鬼に変える特殊な薬を飲ませたのだ」

月華が春蘭の手をぎゅっと握りしめる。

「そなたの許可を取らずにすまない。だがどうしても、そなたを失いたくなかった」

幽鬼の手は冷たいはずだけれど、同じ幽鬼同士だからか感じる体温は人間の頃とあまり変わらなかった。

だからまだ幽鬼になった実感はないが、持ち上げた春蘭の手に頬を寄せる月華を見ていると妙に胸がドキドキして、春蘭は思わず視線を彷徨わせる。

「なぜ、俺を見てくれない。そなたの許可なく幽鬼にしたことを怒っているのか？」

不安げな声に、春蘭は慌てて首を横に振る。

「そ、そうじゃなくて……、あの、月華様が……」

「俺が、何かしたか？」

「す、素敵……すぎて……」

「すてき？」

「し、白い髪と赤い瞳がとてもよくお似合いで、見ているだけで胸が苦しくなっちゃうんです！」

自分の置かれた状況を思うとドキドキしている場合ではないのだが、変化した月華の容姿は春蘭にとってあまりに刺激が強かった。

「前の月華様もとても素敵だったけど今も素敵で、素敵すぎて！」

かっこよすぎてつらいとうめいていると、雹華がこらえきれないとばかりに吹き出した。

「春蘭は、幽鬼なっても相変わらずね」

「だってこんなに、こんなにかっこいいのよ？」

「うんうん、死んでも兄様が好きなのね。わかったわかった」

なんとも雑な相槌《あいづち》を打ってから、雹華はふわりと浮き上がる。

「かっこいい兄様といちゃいちゃしたいだろうから、私はそろそろ消えるわ。宗越たちにも、春蘭は絶好調だって伝えとく」

二人に手を振って、雹華は部屋を出て行く。

二人だけにされると緊張してしまい、春蘭は小さくうめいた。

「幽鬼になるのは苦労したが、そなたに喜んでもらえたならその甲斐もあったな」

胸が苦しくなると伝えたのに、月華は春蘭の顎に手をかけ自分へと向かせる。目の前に彼の顔があると心臓が爆発しそうだったが、目をそらすことを彼は許してくれない。

「そ、そもそも、どうして月華様も幽鬼に？　やはり毒がひどかったのですか？」

「それもあるが、一番はそなたと同じ存在でありたかったからだ」

幽鬼と人では触れ合いが困難だし、何より流れる時が違う。

それに月華は神仙の血を引く故、普通に死ねば幽鬼になりにくい。

「だがそなたと共にありたいと強く願えば、幽鬼になれる気がしたのだ。だから特別な薬を飲み、人の身体を捨てた」

「ということは、私も月華様も今は魂だけ？」

「それだけでは冥界へと引き寄せられるため、特別な神器に魂を入れている。神器と言っても幽鬼と一つになることで、人の肉体と変わらぬ機能を持つが」

なるほどと頷きながら、春蘭は改めて彼の肩からこぼれ落ちた髪をそっと手に取る。

長くて黒かった髪は、すっかり色が抜け白く輝いていた。

「綺麗ですね」

思わず口にすると月華もまた春蘭の髪をそっと手に取った。

「そなたのほうが綺麗だ」

「でも月華様の髪はなんだか輝いて見えます」

「月の光が当たっているからそう見えるのだろう」

言いながら、月華は手にした春蘭の髪にそっと口づける。

実際に触れられたわけではないのになんだか胸が高鳴り、春蘭は頬を赤く染めた。

すると幸せそうに、月華が微笑む。

「でもそなたの髪のほうがずっと綺麗だ。それにその赤い瞳も美しい」

「本当に？」

「ああ、とても」

甘い賛辞に照れくさい気持ちになりつつ、春蘭はわずかに身体を起こし月華の目尻をそっと撫でた。

「そういえば、この目の色もおそろいですね。なんだか、とても嬉しいです」

「不意打ちで、可愛いことを言うな」

「だって本当に嬉しいから」

月華と同じになれたと思うととても幸せな気持ちだった。

「これからは、ずっと一緒ですね」

「ああ、永遠に」

月華が春蘭の首筋に口づけを落とす。

「……ッあ、……」

思わず甘い声がこぼれると、今度は唇を奪われる。

「……ぁ、ん、う……」

口づけは人だった頃と変わらず、甘美だった。

歯列をなぞられ、上顎をくすぐられると腰の奥もうずき出す。

何かを求めるように隘路が弛緩するのを感じて、春蘭は頬を赤く染めた。

「あの、キスをされると私……」

「人の肉体と変わらぬと言っただろう？　子はなせないが、夫婦の交わりは可能だからそなたの反応は正常だ」

「じゃあ、この反応も正しいのですか？」

「正しい。俺も、そなたと口づけると新しい身体がうずく」

自分だけでなく、月華もまた興奮しているのが嬉しくて、春蘭は彼の身体をぎゅっと抱きしめた。

「なら、月華様と愛し合いたいです」

思いの丈を素直に告げると、今度は月華のほうが赤くなる。

「そなたの素直さは、徒華の毒よりも効くな」

「すみません、慎み深さがなくて……」

「いや、そなたの素直なところは本当に可愛い。むしろ可愛すぎて、困るのだ」

苦笑しながらも、月華は口づけを再開させる。

「幻影香よりもずっと、そなたの言葉は俺をおかしくさせる。大事にしたいのに、そなたを激しく愛し、俺に溺れさせたいと思ってしまう」

「なら激しく愛してください。私も月華様に溺れたいです」

幻影香があふれることは二度とないし、何より彼を愛していると今は全身で伝えたかった。それに口づけを二度交わしただけなのに、春蘭はもう彼が欲しくてたまらなくなっている。それを目で訴えると、月華がすばやく春蘭の帯を解いた。

「なら、愛し合おう。ただ幽鬼の身体は人より感じやすいそうだから、覚悟したほうがいい」

「えっ……、ンッぅ!?」

三度目の口づけは激しく、口腔を犯されるとそれだけで隘路から蜜があふれ出るのを感じる。

(確かに……、口づけだけですごく……気持ちいい……)

徒華のせいで元々感じやすくはあったが、今はそれ以上かもしれない。

このままでは我を忘れ、はしたなく月華を求めてしまいそうな気がしたが、今日ばかりはそれでいいかという気持ちになっている。

(だってきっと、月華様はすべて受け入れてくださる……)

はしたなく愛をねだっても彼はきっと笑顔でいてくれるだろう。少し困った顔をするかもしれないが、そんな顔も見てみたいと思ってしまう。

だから春蘭もまた、月華の帯に手をかけた。

「私も、月華様に触れたいです」

案の定月華は困ったように眉根を下げたが、彼はすぐに衣を脱ぎ捨てた。

春蘭もまた生まれたままの姿になり、二人は肌を合わせ、お互いを強く抱きしめ合う。

「月華様、あったかい」

「そなたもあたたかいな。こうしているだけで、たまらない気持ちになる」

お互いの存在を確かめるように、二人は相手の肌に手を這わせる。直に触れた月華の肉体は逞しく、隆起する筋肉を指で撫でていると時折彼の身体が小さく跳ねた。

「そんなにじっくり触れられると、妙な気分になる」

「いつも、月華様がたくさん触るから今日はお返しです」

「なら、いつも以上に激しく触れようか」

まだ余裕もあるようだしと言われた次の瞬間、臀部から太ももにかけて手で妖《あや》しく撫でられ、春蘭は「ひゃっ」と情けない声をこぼしてしまう。

同時に脇腹を長い指が這い、円を描くように子宮の上をなぞられた。

途端にずくんと隘路が弛緩し、春蘭は思わず月華の背中に爪を立ててしまう。

「……あっ、ごめんな、さい……」

「かまわない。幽鬼は傷がすぐ癒えるし、何よりそなたが欲しがっている姿は愛おしい」

気がつけば腹部を撫でていた手が隘路の入り口に迫り、既にこぼれていた蜜をゆっくりとすくい上げる。

濡れたそこはひくつき、まるで早くと急かしているようだった。

「もう、中に欲しいのか？」

「……はい、本当はもっと前から……欲しくて……」

「俺も同じだ。そなたと、繋がりたくて仕方がなかった」

蜜をかき分け、月華の中指が襞の間にぬぷりと差し込まれる。

「あ、中……入って……」

「すごいな、あっという間に飲み込まれてしまった」

指先をわずかに曲《ま》げ、優しくひっかくように月華の指が隘路をかき回す。

彼の指は春蘭の感じる場所を適確に暴き、瞬く間に快楽を引き出していく。

以前と身体も違うはずなのに、不思議と心地よい場所は同じようだ。

「ひ、あ……、待って……」

「指だけでいってしまいそうだな」

確かにいつもより上り詰める早さは段違いだった。

でもだからこそ、春蘭はこのままでは嫌だと月華に縋った。

「月華様と、一緒が……いい……」

上り詰めるなら、指ではなく彼のものがいい。そんな気持ちで月華を見つめれば、どこか苦しげに彼は歯を食いしばる。

「そなたが可愛すぎて、遠慮はできないぞ」

「かまいません……、だから、はやく……ッ」

懇願すれば、月華が春蘭の脚をぐっと持ち上げる。

「……ああッ！」

はしたなく開いた股の間に肉棒が押し当てられたかと思うと、次の瞬間には隘路を埋《うず》めるほど深く腰を穿たれた。

「あ、……深い……っ」

「苦しいか？」

「苦しい……けど、嬉しい……」

だからもっと激しくしてとねだると、月華は腰を揺らし始める。

「激しくしてやるから、しっかり摑まっていろ」

首に手を回すよう指示され、春蘭は言われるがまま腕を持ち上げる。

月華に縋りつくと、彼はわずかに腰を引いた。

出ていってしまうのかと寂しくなるが、それは一瞬のことだ。

「ひぃ、あっ……あぁッ……！」

慣らすように抽挿を繰り返したあと、より深い場所を屹立の先端が抉る。

月華のものを感じようとするように蠢く隘路を、彼のものが緩急をつけて攻め始める。

「あ、あっ、いい……ああ……」

あまりの心地よさに目からは涙があふれ、こぼれる声は淫らに弾む。

ひどい顔をしているはずなのに、春蘭を見つめる月華は幸せそうに笑みをこぼした。

「乱れるそなたは、本当に美しい……」

腰を穿ちながら、月華は凜々しい顔を少しずつ歪めていく。

愛欲に濡れた瞳は飢えた獣のようだったが、幻影香に支配されたときとは違い、そこには春蘭への愛情が滲んでいる。

だから恐怖を感じることもなく、むしろこの獣に身も心も貪られたいという気持ちさえ芽生えた。

「月華さま……もっと、もっと……」

そう縋りつけば、隘路を抉る彼のものがぐっと逞しさを増す。

「俺が、欲しいのか……？」

「ほしい……、もっと……」

「そなたが望むなら、もちろんそうしよう……」

激しく腰を穿ちながら、月華は春蘭に口づける。

舌を絡め合いながらの抽挿はあまりに甘美で、春蘭は膨れ上がる愉悦の中で溺れそうになる。

「春蘭……春蘭っ……」

それは月華も同じようで、口づけの合間に名を呼ぶ声や呼気が乱れていく。

月華の先端が、愛液をかき混ぜ、春蘭の感じる場所を容赦なく抉る。

その激しさに翻弄されながら、春蘭は悦《よろこ》びに身悶えた。

（月華様……好き……大好き……）

春蘭はもう声を出す余裕はなかったが、心の中で彼への想いを幾度となく繰り返す。

その想いが届いたかのように月華のものがぐっと強ばった。

「……春蘭ッ」

全身が揺さぶられるほど激しく甘い律動の果てに、月華の愛と精が春蘭の最奥《さいおう》に放たれる。

「……っああ、ッ……！」

時を同じくして春蘭もまた上り詰め、激しい熱を受け止めながら身体を弛緩させる。

「春蘭、愛してる……」

二人はより身体を密着させ、お互いをきつく抱きしめ合う。

外も内側も隙間なく重なりながら、月華が己のすべてを春蘭の中へと注ぎ込んだ。

しかし彼のものが衰える気配はなく、絶頂の余韻が引き始めた春蘭もまた、彼を手放せそうにない。

「……月華、さま……あの……」

希うのははしたないだろうかと思い言いよどむと、そっと頭を優しく撫でられる。

「これで終わりにはしたくないな」

私もですという代わりにぎゅっと抱きつけば、困ったような笑い声が耳元で響く。

「同じ気持ちのようでよかった」

月華はほっとしたように言うと、もう一度春蘭の唇を奪った。

舌を絡めながら、春蘭はもう一度彼への愛を心の中で囁く。

「俺も愛している」

その言葉は彼に伝わっていたのか、甘い告白が紡がれる。

「だからまだ、こうしていよう」

二人は口づけと視線で愛を交わしながら、再びお互いの熱に溺れ始めた。

終章

徒華の騒動が落ちついた次の満月の晩、幽鬼となった春蘭は正式に夜叉王に嫁《とつ》ぐこととなった。

月華はイーシンの国王に此度の事情を話し、改めて春蘭をもらい受けたいと願った。

娘が幽鬼になったことに驚いたようだが、すべては春蘭を救うためだと知ると彼女の家族は快く春蘭を送り出してくれた。

その後、幽鬼の国へと戻ってきた春蘭は改めて赤い花嫁衣装に身を包むことになった。

「これでついに、春蘭と家族になれるのね！」

この結婚を喜んでいるのは月華だけでなく、特に雹華はずっと浮かれている。

今も準備を整えている春蘭に張りつき、彼女はうっとりと親友の姿を見ていた。

「ありがとう、これも雹華のおかげよ」

思えば、雹華が描いてくれた月華の絵が、春蘭の恋の始まりだった。

文通の代理を頼んでくれたことが、二人が心を通わせるきっかけだったと言える。

「うふふ、もっと褒めてもいいのよ」

それを自覚しているのか、雹華は得意げに胸を張る。

「待て待て、その子を褒めるくらいなら私のことも褒めてくれてもいいのではないか？」

そんなとき、ふわりと目の前に現れたのは九狼である。

今日は久々に子供の姿をしており、無駄な愛らしさを振りまきながら彼は春蘭にぎゅっと抱きついてきた。

「春蘭にくっつくと、兄様が怒るわよ」

「無礼講というやつだ。私も二人の恋に貢献したし、これくらいいいだろう」

「貢献したというか、掻き回したというか……」

雹華は呆れるが、春蘭は九狼にも頭を下げる。

「ありがとうございます。色々とすごい助言もありましたが、確かに九狼様のおかげで月華様との絆が深まりました」

「今後も、困ったことがあればいつでも相談せよ。夫婦の秘訣についても、私は詳しいからな」

そう得意げになるところは雹華そっくりで、春蘭は思わず笑ってしまう。

そんな春蘭に、雹華がそっと寄り添う。

「助言を求めるなら私にしときなさい。下手に相談したら、またとんでもない服とか着せられるわよ」

「でもあれ、そもそも雹華が買ったものではなかった？」

「私は適切なときに着せるつもりだったもの」

「あんな薄い服を適切に着るときがあるの？」

「それは追々教えてあげる」

だから相談は自分にしなさいと言う雹華に、頼もしさと不安を同時に抱く春蘭だった。

その後も九狼と雹華の賑やかなやりとりに巻き込まれていると、支度を調《ととの》えた月華が水仙宮へとやってくる。

「月華様！」

顔を見るなり駆け寄っていく春蘭に、月華は優しい笑顔を向ける。

そのまま口づけようとしたところで、彼はこちらをじぃっと見つめる二人に気づいたらしい。

「……そろそろ婚姻の儀を執り行うので、二人は出て行ってくれないか？」

「いいじゃない、いちゃつくところ見せてよ」

「幽鬼の国では、二人きりで儀式を行うのが仕来りだろう」

「でもちょっとくらい……」

なおも引かない雹華に業を煮やしたのか、月華は奥の手に出る。

「宗越が祝いの品を持ってきたぞ」

「えっ、宗越来たの!?」

「お前に知られる前にと急いで帰り支度をしているが、今なら間に合うはずだ」

月華の言葉を聞くなり、雹華の姿が忽然と消える。

「雹華は、相変わらず宗越様が大好きですね」

「だから、あいつには犠牲になってもらおう」

「でもいいのですか？　お忙しい中、わざわざ贈り物を持ってきてくださったのでしょう？」

徒華の一件のあと、宗越はすぐに祖国へと帰っていった。

元々彼は、九龍統一に向けて最後の戦に赴く直前だったらしい。

だが月華と春蘭のために、幽鬼の国に来てくれていたのだ。

当人は『徒華が九龍統一の妨《さまた》げになるため仕方なくです』と言っていたが、友である月華や雹華のために、足を運んできたことは想像に難くない。

「宗越様にも、今度改めてお礼をしなければいけませんね」

「あのぶんだと奴は次の戦にも勝つだろう。九龍を統一した際に、改めて祝いに行こう」

月華の提案に頷きながら、そのときが待ち遠しいと春蘭は微笑む。

「……で、狼太公はいつまで居座る気です？」

「ばれたか」

「そろそろ二人きりで過ごしたいのですが」

「ひ孫の晴れ姿をこの目に焼きつけたいという爺心《じじごころ》を理解してくれてもいいだろう」

「あとで改めてご挨拶には伺いますから」

「とかいって、儀式が終わってすぐいちゃいちゃする気では？　ここのところ毎日、二人は仲良くしているだろう」

含みのある言い方に、春蘭と月華は二人して赤くなる。

「今日はちゃんとご挨拶に伺いますので、ご心配なく」

「仕方ない。ならばそのときが来るまで、私も宗越をからかいに行ってこよう」

とばっちりを受ける皇帝を哀れに思いながらも、二人は九狼の姿が消えたことにほっとする。

「ようやく、二人きりになれたな」

「ええ、ようやくですね」

それから改めて、二人は手を取り合い、見つめ合った。

「そなたの花嫁衣装を見るのはこれで二度目だな」

「前の衣装も綺麗でしたが、月華様が用意してくださった花嫁衣装もとても素敵ですね」

でも……と春蘭は月華を見つめ、目を輝かせる。

「月華様のほうがずっと素敵です！　この瞬間をずっと夢見てきましたが、想像よりずっと素敵で倒れてしまいそう！」

「婚姻を結ぶ前に倒れたら夫婦になれないぞ」

「だから、今頃張って自分を保っています」

拳をぎゅっと握りしめ、春蘭は眉間にしわを刻む。

力を入れすぎてしかめっ面になっていると、不意に月華が唇を寄せてくる。

そのまま優しく口づけられると、春蘭が再び顔を赤くする。

「倒れないようにしているのに、心臓に悪いことをしないでください」

「口づけは嫌だったか？」

「嫌じゃないから困るんです」

春蘭がすねた顔で口をすぼめると、月華に再び唇を奪われた。

「昔は、あれだけ口づけや触れ合いから逃げていたくせに」

「確かに、あの頃の俺は少々情けなかったな」

そう言って微笑む月華には余裕さえ見て取れる。それがなんだか妙にかっこよくて、春蘭は胸を詰まらせる。

「今も情けないのは変わらないが、頑張って直していくから見捨てないでほしい」

「見捨てるなんてあり得ません。むしろ、月華様の情けないところも含めて大好きですから」

だからむしろそのままでいいと力説すれば、月華が嬉しそうに笑った。

昔よりも凛々しくなった笑顔は春蘭にはまぶしいほどだったけれど、その笑顔を独占できることが嬉しい。

「これからも、ずっとお側に」

「ああ、永遠に共にいよう」

美しい夜、二人はついに募《つの》らせていた想いを叶えた。

それを祝福するように輝く月の下、二人は愛と口づけを何度も交わしたのだった。

あとがき

『夜叉王様は貢ぎ物花嫁を溺愛したい』を手に取って頂きありがとうございます。八巻《はちまき》にのはです！

華流ドラマにはまって以来、中華風のお話を書きたいなーと思っていたところ、まさかまさか、挑戦する機会を頂くことになりました！

中身はいつも通りコメディ＆イケメンは残念。という内容ですが、世界観が変わると雰囲気や気分も変わって、書いていてとても楽しかったです！

素敵な機会を下さった編集さんには感謝してもしきれません！

また今回は本当に色々とご迷惑をおかけしました。そこのフォローも含め、本当にありがとうございました！

そして今回、イラストレーターの氷堂れん先生にイラストを担当して頂きました。

ありがたいことに、以前から何度もご一緒させて頂き、毎回毎回素晴らしいラストにうっとりしていましたが、今回も本当に素敵でした！

格好いいヒーローと美しいヒロインを、ありがとうございました！

最後にこの本を手に取って下さった皆様。改めまして、本当にありがとうございます。最近しみじみと、自分の作品を読んでくださる方がいるのはありがたいなと思う日々です。

願わくば次も手に取ってもらえるように、今後も頑張っていきたいと思います。

それではまたこうして、お会いできる日を願っております。

八巻にのは

Sonya
ソーニャ文庫

この本を読んでのご意見・ご感想をお待ちしております。

◆ あて先 ◆

〒101-0051
東京都千代田区神田神保町2-4-7 久月神田ビル
㈱イースト・プレス　ソーニャ文庫編集部
八巻にのは先生／氷堂れん先生

夜叉王様《やしゃおうさま》は貢《みつ》ぎ物花嫁《ものはなよめ》を溺愛《できあい》したい

2023年3月3日　第1刷発行

著　　者　八巻《はちまき》にのは
イラスト　氷堂《ひどう》れん
装　　丁　imagejack.inc
発 行 人　永田和泉
発 行 所　株式会社イースト・プレス
〒101－0051
東京都千代田区神田神保町２－４－７ 久月神田ビル
TEL 03－5213－4700　　FAX 03－5213－4701
印 刷 所　中央精版印刷株式会社

ISBN 978-4-7816-9743-7
定価はカバーに表示してあります。